影なき刺客

栄次郎江戸暦19

小杉健治

時代小説

二見時代小説文庫

目次

影なき刺客——栄次郎江戸暦19

『影なき刺客——栄次郎江戸暦19』の主な登場人物

矢内栄次郎《やないえいじろう》……一橋治済《ひとつばしはるさだ》の庶子。三味線と共に市井《しせい》に生きんと望む。杵屋吉栄《きちえい》の名取名《なとり》を持つ。

矢内栄之進《やないえいのしん》……家督を継いだ、栄次郎の兄。御徒目付《おかちめつけ》を務める幕臣。

杵屋吉右衛門《きねやきちえもん》……栄次郎が三味線、浄瑠璃《じょうるり》、長唄を習っている師匠。

お秋《あき》……以前矢内家に年季奉公をしていた女。八丁堀与力・崎田孫兵衛の妾《めかけ》となる。

崎田孫兵衛《さきたまごべえ》……お秋を腹違いの妹と周囲を偽り囲っている、南町年番方の与力。

富士松春蝶《ふじまつしゅんちょう》……吉原京町《よしわら》二丁目の裏長屋の住人。新内語り《しんない》の名人。

音吉《おときち》……富士松春蝶の弟子。師匠とともに吉原で新内流しをしている。

新八《しんぱち》……豪商や旗本を狙う盗人だったが、足を洗い徒目付矢内栄之進の密偵となる。

おゆう……町火消し「ほ」組の頭取政五郎《とうどりまさごろう》の娘。栄次郎に叶わぬ想いを寄せる。

高樹清四郎《たかぎせいしろう》……栄次郎に瓜《うり》ふたつの備中水沢家の若侍。父と同じ馬廻り役であったが……。

坂木一蔵《さかきいちぞう》……高樹清四郎の名を騙る乱心者、との汚名を着せられる。

水沢忠常《みずさわただつね》……備中水沢家の世嗣《せいし》。藩主忠則《ただのり》の兄の子であった。

的場伊右衛門《まとばいえもん》……勝手方勘定組頭《かんじょうくみがしら》。妹が水沢家忠則公の側室に上がる。

畑伊十郎《はたいじゅうろう》……水沢家家臣、組目付。忠常の世継としての立場を守るべく働く。

備中屋《びっちゅうや》……水沢家上屋敷への出入りを願っている紙問屋。

第一章　もうひとりの栄次郎

一

五つ半（午後九時）はまわっている。月は雲間に隠れると、辺りは闇に包まれた。湯島《ゆしま》の切通しに人通りはなく、ただ冷たい風が吹き抜けているだけだった。

左に湯島天神《てんじん》の裏手が見える。本郷《ほんごう》の屋敷に急いでいた矢内栄次郎《やないえいじろう》はふと凄《すさ》まじい殺気を感じ、僅かに歩調を緩《ゆる》めた。前方の柳の木の陰に黒い影が潜《ひそ》んでいるのがわかった。ひとり、ふたり……。三人だ。

恨みを受ける覚えはない。人違いか、あるいは辻強盗の類《たぐい》か。辻強盗であれば、捨ててておけないと思った。

このまま捨てておけば、他の誰かが被害に遭うかもしれない。栄次郎はそういうことを考える質《たち》だった。

栄次郎はそのままゆっくり坂を上がった。ふと、違和感を抱いた。辻強盗にしては殺気が漲《みなぎ》っている。

はじめから斬る気だと悟り、栄次郎は鯉口《こいぐち》を切った。

柳に近付いたとき、いきなり黒い影が抜き身を構えて飛び出して来た。剣先を栄次郎に向けて突進してきた。

栄次郎は抜き打ちに相手の剣を弾《はじ》いた。相手はすぐ体勢を変え、今度は上段から斬りつけた。

栄次郎は身を翻《ひるがえ》して相手の剣を避け、逆に相手に斬り込んだ。栄次郎の攻撃を受け、相手は後退した。袴姿に黒い布で顔を隠している。

「なぜ、私を襲う？　名を名乗られい」

栄次郎は剣を正眼《せいがん》に構えて誰何《すいか》した。

背後から裂帛《れっぱく》の気合で、別の賊が斬りつけた。栄次郎は振り向きざまに相手の剣を弾くと、すかさず、栄次郎に押し込められた賊が息を吹き返して襲ってきた。

栄次郎は横に飛び退き、刀を鞘に納めた。田宮《たみや》流居合《りゅういあいじゅつ》術の達人である栄次郎は両手を下げ棒立ちのようにふたりの前に立った。

賊のふたりは剣を構えたまま身じろぎ出来ずにいる。斬りつければ栄次郎の居合剣が襲いかかる。そう警戒しているようだ。

だが、栄次郎は背後への注意も怠らなかった。賊は三人だった。もうひとり、どこかに潜んでいるはずだ。

「名を名乗っていただこう」

栄次郎は迫る。

だが、ふたりは答えない。

「では、なぜ、私を襲った?」

「…………」

「そのわけも言えぬのか」

栄次郎は威嚇するように前に出た。

「待て」

ひとりが声を出した。

「高樹《たかぎ》清四郎《せいしろう》、己の胸にきけ」

「高樹清四郎?」

栄次郎がきき返すと、賊はお互いに顔を見合わせた。

そのとき、背後に殺気を感じ、振り向いた。

瘦身の饅頭笠《まんじゆうがさ》の侍が立っていた。

「そなたの名は？」

「名乗ってから、ひとの名をきくのが礼儀であろうが、名乗るような方々とは思えぬ。

私は矢内栄次郎」

「矢内栄次郎？　まことか」

「そうだ。高樹清四郎とは何者だ？」

「退け」

その声とともに、饅頭笠の侍は体の向きを変えて駆けだし、先のふたりも素早く暗闇に姿を消した。

（高樹清四郎……）

内心で呟《つぶや》く。

高樹清四郎と間違えたようだ。

今の三人は待ち伏せていたのだ。ということは高樹清四郎もまたこの道を通るということだろうか。

栄次郎はあの三人が隠れていた柳の木の陰まで行った。

もし、人違いであれば、本物の高樹清四郎がやって来るかもしれない。そう思い、しばらく待つことにした。

栄次郎は御家人の矢内家の部屋住《へやずみ》である。涼しげな目許、すっとした鼻筋に引き締まった口許。細面《ほそおもて》のりりしい顔立ちだが、武士にしては匂い立つような男の色気がある。それは、栄次郎が長唄の師匠杵屋吉右衛門《きねやきちえもん》の弟子で、吉栄《きちえい》という名をもらった三味線《しゃみせん》弾《ひ》きの芸人でもあるからだ。

亡くなった矢内の父は一橋家《ひとつばしけ》二代目の治済《はるさだ》の近習番を務めており、謹厳な御方で、母もまた厳しい御方であった。

だから、部屋住の身であっても、栄次郎が三味線に現《うつつ》を抜かすことを許すはずがなく、やむなく浅草黒船町《あさくさくろふねちょう》のお秋《あき》という女の家の二階の一部屋を、三味線の稽古用に借りている。お秋は昔矢内家に女中奉公していた女である。

ゆくゆくは武士を捨て、三味線弾きで身を立てたいと思っているが、そのようなことを母に言えるはずはなかった。

夜が更《ふ》けるにしたがい、風も一段と冷たくなってきた。四半刻《しはんとき》（三十分）もじっと待っていたら、体が冷えてきた。

職人体《てい》のふたり連れがやって来ただけで、他に行き交うひともない。

高樹清四郎は栄次郎と賊が闘っているのに出くわし、事態を察し、道を変えたのかもしれない。

栄次郎は諦めて、すっきりしないまま本郷に向かった。


屋敷の潜《くぐ》り戸をくぐり、勝手口から入って台所で水を飲む。杓《ひしゃく》を戻したとき、ひとの気配にはっとして振り返る。

母かと思ったが、兄の栄之進《えいのしん》だった。

「兄上でしたか」

「母上かと思ったか」

兄は苦笑して、

「厠《かわや》の帰り、台所で物音がしたから、栄次郎ではないかと思って覗いたんだ。あとで部屋に来てくれ」

「はい」

栄次郎はいったん自分の部屋に行き、刀を置いて常着に着替えてから兄の部屋に行った。兄は床の間を背に座って待っていた。

兄は矢内の父に似て、威厳を保つように胸を張り、口を真一文字に結び、いかめしい顔をしている。

しかし、実際は砕《くだ》けたところがあり、深川《ふかがわ》の安女郎屋に遊び、女郎たちを集めて面白い話をして笑わせるという、外見からは考えられない一面を持っていた。

「兄上、また母上から何か」

後添《のちぞ》いの件で、母はいろいろ動きまわっている。

兄嫁が流行《はや》り病で若くして亡くなって数年経つ。妻を失った悲しさや寂しさに打ちひしがれていた兄だが、栄次郎が誘った深川の女郎屋に通うようになって、生気を取り戻した。

深川の馴染みの女たちは世辞にもいいとは言えない顔立ちだが、気取らずあけっぴろげな人間性に、兄はすっかり魅せられていた。そういう女たちと話すのが楽しくてならないようで、後添いの話にも耳を傾けようとはしなかった。

「いや、まだ、新しい話はない」

「そうですか」

栄次郎はほっとした。なにしろ、兄の嫁取りが決まれば、次は栄次郎だ。

栄次郎の場合は、どこかに養子に行くことになるのだ。そうなれば、もう三味線弾きになるどころか、三味線を弾くことさえ叶わないだろう。

「じつは新八《しんぱち》にやってもらいたいことがあってな。しばらく、俺の下で働いてもらいたいのだ。もし、そなたのほうで、何もなければ……」

「私のほうはまったく問題ありません。それに、新八さんは兄上の手先なのですから」

新八は大名屋敷や大身《たいしん》の旗本屋敷、そして豪商の屋敷などに忍び込むひとり働きの盗人だった。忍び込んだ屋敷の武士に追われた新八を助けたことが縁で、栄次郎と親しくなった。

ある事情から今は盗人をやめ、御徒目付《おかちめつけ》である兄の手先として働いている。御徒目付は御目付の下で、旗本や御家人の取り締まりなどを行なう。

「では、そうさせてもらおう」

兄は厳しい顔で頷いた。

「もし、差し支えなければお役目の内容を教えていただけませぬか」

役目を知っていれば、新八が困ったときに手助け出来る。それは、ひいては兄の助けになると、栄次郎は思ったのだ。

「うむ」

兄は口を開いた。

「勘定組頭《かんじようくみがしら》の的場伊右衛門《まとばいえもん》どのの屋敷の様子がおかしいのだ」

「おかしいとは？」

「うむ。屋敷に三人ほどの浪人が出入りしているのだ。いや、住み込んでいるようだ。もちろん、ただちに取り締まらねばならぬということではないが、密かに調べてみたい」

　そう言って、兄はやや身を乗り出し、

「じつはこの件はまだわしともうひとりの朋輩《ほうばい》のふたりだけで動いており、組頭さまにも話していない。ものになるかどうか、わからぬからだ」

「でも、兄上は何かあると思っているのですね」

「そうだ。だが、もしわしの見立てが間違っていたら取り返しのつかないことになるでな。的場どのは口うるさい御方らしい。御徒目付が動いたことを知られたら、的場どのにどんな叱責を被るかわからぬでな」

「的場さまは勝手方《かつてかた》ですか、それとも公事《くじ》方ですか」

「勝手方だ。諸役所や郡代・代官から提出された帳簿を検査し、決済書類を作る帳面方で仕事をしている。勘定組頭は相当な付け届けがあるそうだ」

「付け届けですか。では、暮らしは裕福なのですね」

「そうだ」

「で、新八さんに何を?」

「下男として入り込んでもらう。じつは、新八が的場さまのお屋敷に奉公出来るように、口入れ屋に手をまわしてある」

「そうでしたか。で、いつから」

「決まれば、明日にでも屋敷に行ってもらうつもりだ」

「連絡は？」

「もうひとりの者と新八とで連絡を取り合うはずだ。そういうわけだから、しばらく新八には近付かないでもらいたい」

「わかりました。もし私でお力になれることがあれば、遠慮なく申しつけください」

「そのときは頼もう」

「はい」

「もう遅い。休むがよい」

「では、失礼いたします」

栄次郎は頭を下げて部屋を出た。

自分の部屋に入ってから、栄次郎は的場伊右衛門が屋敷に浪人者を住ませていることを考えた。

用心棒ではないのか。なんらかの事情で、的場伊右衛門は用心棒を雇わざるを得なくなったのだ。

詳しいことはわからないが、的場伊右衛門は何者かに狙われているのではないか。勘定組頭ともなれば付け届けは多いというが、なんらかの思惑があって付け届けをしているはずだ。それを裏切られたと思っている人間が刺客《しかく》を放ったということも考えられる。実際はそのような剣呑《けんのん》なものではないかもしれないが……。

そのことより、栄次郎にとって気がかりなのは待ち伏せていた三人の侍のことだ。浪人ではない。三人ともれっきとした武士のようだった。それも、腕が立つ者たちだ。

三人は高樹清四郎という侍を待ち伏せていたようだ。

そこに、栄次郎が通りかかった。闇夜で顔ははっきり見えなかったにせよ、誤認したというのは栄次郎が高樹清四郎に似ているからだ。

自分に似た男がいることに、栄次郎は少し気になった。

翌朝、栄次郎はいつものように庭に出て素振りをした。三味線弾きの道を歩むつもりでいても、田宮流居合術の達人である栄次郎は毎日の鍛錬を欠かさなかった。

風に揺れる柳の小枝が稽古の相手で、居合腰から抜刀し、小枝の寸前で切っ先を止め、鞘に納める。それを何度も繰り返すのだった。

半刻（一時間）ほど、汗を流して切り上げる。

朝餉《あさげ》のあと、栄次郎は母に呼ばれた。

母は仏間で待っていた。

栄次郎は仏壇の前に座り、手を合わせてから母と向かい合った。

「昨夜も遅かったようですね」

母は厳しい声で言う。

「ええ、ちょっと」

兄の嫁取りの話か栄次郎の養子の話だろうと警戒する。

「十六日の夜、栄次郎はどこにおりましたか」

「十六日の夜ですか」

いきなりきかれ、栄次郎は当惑した。

「どうしました？」

「いえ。でも、なぜ？」

「事情がなければ、答えられないところに行っていたのですね」

「そうではありません。十六日の夜は五日前ですね。その夜は、お秋さんの家で、南町奉行所与力《よりき》の崎田孫兵衛《さきたまごべえ》さまとお酒を酌み交わしていました。崎田さまのことは以前にお話ししたと思いますが、お秋さんの……」

「どんな話をしたのですか」

「話という話はなく、ただ世間話をしただけです」

「栄次郎」

鋭く、母は言う。

「嘘ではありませんね」

「なぜ、そのようなことを？」

栄次郎はあわててきき返す。

「ちょっと確かめたかっただけです」

「母上。何か、お疑いが？」

栄次郎は気になった。

「いいのです。忘れてください」

もっと突っ込んできたかったが、養子の話を持ち出されると困るので、栄次郎は引き下がった。

「では」

一礼をして、栄次郎は仏間を出た。

部屋に入ろうとしたとき、兄に呼ばれた。

「栄次郎」

栄次郎は兄の部屋に行った。

「母上の話はなんであった？」

「養子の話ではありませんでした。でも、母上はなんだか煮えきらないのです」

「煮えきらない？」

「はい。十六日の夜、私がどこにいたかときいていました。どうして、そんなことをきくのかわけをきいたのですが、はっきり言おうとしないのです」

「そのことか」

兄は苦い顔をした。

「兄上はわけをご存じなんですか」

「うむ。うちに出入りの商人が、十六日の夜、おまえが吉原《よしわら》の大籬《おおまがき》の張見世《はりみせ》の前で女を見定めしていたと母上に話したそうだ」

「私が吉原にですか」

栄次郎は苦笑した。

「わざわざ、そんなことを母上に知らせるなんて」

兄は顔をしかめた。

「兄上、私は吉原に行っていませんよ」

「いいではないか、行ったとしても。ただ、そうだとしたら早く栄次郎に嫁を持たせなければだめだと、母上はお考えになったのだろう」

「でも、そんなに似ていたんですかねえ。私に」

「わざわざ、母上に話すくらいだからな」

そのとき、昨夜の賊のことを思い出した。

「兄上、出入りの商人とは誰ですか」

「おいおい。まさかその者に文句を言うつもりではないだろうな」

「違います。私に似た男がいることが引っかかって」

「俺は聞いていない」

「兄上、母上にそれとなくきいていただけませぬか」

「母上に？」

兄はふと不審顔になって、

「栄次郎。何かあったのか」

と、きいた。

「じつは、昨夜、待ち伏せていた賊に襲われました。賊は高樹清四郎という侍と私を間違えたようなんです」

「そなたと高樹清四郎は似ているということか」

「そうだと思います。もしかしたら、吉原に現れたのは高樹清四郎かもしれません」

「高樹清四郎を探し出したいのか」

「はい」

「わかった。あとで、母上にきいておく」

「お願いいたします」

栄次郎は自分の部屋に戻り、外出の支度をした。

二

空は冷え冷えと澄み渡り、柔らかい陽差しも気持ちがいい。

本郷の屋敷を出て湯島切通しを下って、昨夜襲われた場所に差しかかった。賊が潜んでいた柳に目をやる。葉は落ち、裸の小枝が陽光を浴びて光っていた。

三人の賊は高樹清四郎を待ち伏せていた。そこに、栄次郎が通りかかったのだ。狙う相手を間違えるとは、刺客としては失態だ。それだけ栄次郎が高樹清四郎と似ていたということかもしれない。

五日前に栄次郎に似た侍が吉原にいたらしい。母に告げたほどだからかなり似ていたのだろう。

自分に似た人間が何人もいるとは思えない。おそらく、吉原にいた侍も高樹清四郎ではないか。

高樹清四郎にますます興味を駆り立てられながら坂を下ったとき、紺の股引《ももひ》きに着物を尻端折《しりはしよ》りした岡っ引きらしき男が手下とともに池之端仲町《いけのはたなかちよう》のほうに駆けて行くのが目に飛び込んだ。

棒手振《ぼてふ》りの男が池之端仲町のほうからやって来た男に声をかけた。

「何かあったんですかえ」

「殺しだ。不忍池《しのばずのいけ》の辺《ほとり》でお侍が斬られていたそうだ」

「恐ろしいことで」

ふたりの話し声を耳にして、栄次郎はきのうの賊を思い出した。殺されたのは高樹清四郎ではないかという思いが脳裏を掠《かす》めた。

池之端仲町を突っ切り不忍池に足を向ける。寺の脇を通って、池の辺に出た。不忍池の水面が冬の陽光を照り返していた。

寺の裏手に人だかりがしていた。栄次郎はそばまで行き、野次馬の後ろから前方を見た。侍が仰向けに倒れていた。

栄次郎は岡っ引きに近付き、

「あのホトケの身元はわかっているのですか」

と、きいた。

「いえ、まだです。身元を示すものは何も持っていないんです」

岡っ引きは三十歳ぐらい、鼻筋の通った男だ。

「ちょっと顔を確かめたいのですが」

栄次郎は頼んだ。

「お知り合いですかえ」

岡っ引きがきいた。

「わかりませんが」

「失礼ですが、お侍さんのお名前は？」

「矢内栄次郎です」

「矢内さまですね。いいでしょう、どうぞ」

栄次郎は亡骸《なきがら》のそばに行き、合掌してから顔を見る。

四角い顔で、鼻も大きい。年齢は三十過ぎのようだ。高樹清四郎ではなかった。左の頸《くび》から胸にかけて斬られていた。

死んでから半日は経っているようだ。斬られたのは昨夜だ。ふと、頭の上に黒い布が落ちていた。

やはり、昨夜の三人のうちのひとりかもしれない。

「お侍さん、どうなんですね」

岡っ引きがきいた。

「ひと違いでした」

「そうですか」

岡っ引きは残念そうに言う。

そのとき、野次馬の後ろに饅頭笠の侍の姿が見えた。昨夜の侍ではないかと思った。踵《きびす》を返した。

栄次郎は野次馬をかき分け、饅頭笠の侍のあとを追った。町中に出たが、行き交うひとに紛れて見失った。この通りにはいないようだ。

栄次郎は切通し坂の下に向かった。すると、前方に饅頭笠の侍の頭が見えた。栄次郎は駆けた。

饅頭笠の侍は湯島天神の女坂《おんなざか》を駆け上がった。栄次郎も遅れて女坂を上がる。いない。念のために男坂を見たが、饅頭笠は見えない。

境内《けいだい》は朝早くから参詣客で賑わっていた。鳥居《とりい》のところから拝殿のほうまで歩いた。だが、饅頭笠の侍はいない。

もしかしたら、相手は笠を外したかもしれない。そうなると、探すのは骨だった。笠を持つ手はひとごみの中では目に入らない。

栄次郎は男坂の上に立って坂を見下ろした。坂は上り下りするひとで混み合っている。どこにも饅頭笠の侍はいなかった。

諦めて坂を下りはじめたとき、男坂下の通りにいきなり饅頭笠の侍が現れた。やはり、今まで笠を外していて、今になってかぶったのだ。

饅頭笠の侍は急ぎ足で大名屋敷の角を曲がった。多くのひとが坂を上り下りしているため、栄次郎は駆け下りることが出来なかった。

やっと坂下に出て、大名屋敷の角を曲がったが、饅頭笠の侍の姿はどこにもなかった。

その後、栄次郎は下谷広小路《したやひろこうじ》を突っ切って御徒町《おかちまち》から三味線堀の脇を通って元鳥越《もととりごえ》町《ちょう》にやって来た。

長唄の師匠杵屋吉右衛門の家は鳥越神社の近くにある。栄次郎は師匠の家の格子戸を開けた。

土間に履物はなく、栄次郎が一番乗りのようだった。

部屋に上がると、栄次郎はすぐに師匠に呼ばれ、隣りの稽古場の部屋に行った。

見台《けんだい》の前に座り、挨拶を交わす。

「おはようございます」

「吉栄さん」

吉右衛門が怪訝そうな顔を向けた。

「何か」

「吉栄さんは薬研堀《やげんぼり》の『久もと』には行かれますよね」

「はい。ときたま」

薬研堀の『久もと』は老舗《しにせ》の料理屋で、岩井文兵衛《いわいぶんべえ》に招かれて座敷に上がる。

亡くなった矢内の父が一橋家二代目の治済の近習番を務めていたとき、一橋家の用人をしていたのが文兵衛だった。

「昨夜は？」

「いえ、行っていません」

「そうでしたか」

師匠は首を傾げた。

「それがどうかいたしましたか」

心が騒いで、栄次郎はきいた。

「昨夜、後援者の集りで『久もと』に行ったのです。その帰り、門の脇で吉栄さんを見かけ声をかけました。しかし、吉栄さんは素知らぬ様子で去って行ったのです」

やはり、高樹清四郎だ。

「私ではありません」

「そうでしょうね。吉栄さんなら逃げるはずありませんからね」

「私に似ていましたか」

「一目見かけたとき、吉栄さんだと思いました。だから、声をかけたのです。『久もと』の女将《おかみ》も、栄次郎さんだと口にしましたからね」

「そうですか」

　栄次郎は当惑しながら、

「じつは、私に似た男の話を他でも聞いたのです。師匠や女将まで私と間違われたというなら、かなり似ていたのでしょうね」

「確かに。しかし、改めてみると、違うようにも思えますが……」

　吉右衛門は小首を傾げた。

「師匠が見たのは何刻頃でしょうか」

「五つ（午後八時）前でした」

「五つですか」

　三人の侍が湯島切通しで待ち伏せていたのは五つ半（午後九時）頃だ。吉右衛門が見た男は高樹清四郎であろう。

　三人の侍は高樹清四郎が薬研堀から湯島切通しに向かうことを知っていて、あの場所で待ち伏せていたのか。

　いずれにしろ、高樹清四郎は湯島切通しを経て住まいに帰るのであろう。だから、あの場所で待ち伏せが出来たのだ。

　なぜ、薬研堀にいたのか。誰かを待っていたのか。

その後、稽古に身が入らず、思うように手が動かず、早々に切り上げた。

隣りの部屋に戻ると、数人の弟子が来ていて順番を待っていた。横町のご隠居や近所の娘がふたり。

近頃は三味線を習う娘が増えてきて、吉右衛門の弟子も若い女が目立つようになった。

「お先に」

栄次郎は声をかけて土間に向かう。

「吉栄さん、もうお帰りですか」

隠居が不満そうに言う。

「すみません。これから行かなくてはならないところがありまして」

栄次郎は薬研堀に行ってみようと思ったのだ。

「そうそう、吉栄さん。最近、おゆうさんにお会いですか」

「いえ。最近、いつもすれ違いで」

おゆうは町火消『ほ』組の頭取《とうどり》政《まさ》五郎《ごろう》の娘だ。まだ、二十歳前だが、目鼻だちがはっきりしていて、華やかな感じの娘だった。

「おゆうさんがどうかしたのですか」

「師匠のところをやめるらしい」

「えっ？　ひょっとしてお嫁に？」

おゆうは栄次郎に好意を抱いていたが、武士である栄次郎との身分の違いを弁《わきま》えている娘だった。だから、縁組が整ったのだったら、素直に祝福してやりたいと思った。

「いえ、そうではありません。なんでも、芸人になるそうです」

「芸人？」

「娘浄瑠璃《むすめじょうるり》ですよ。今は義太夫《ぎだゆう》の師匠のところにも通っていて、年明けから舞台に立つという噂です」

江戸の各所に寄場《よせば》が増えてきた。そこで演じられるのは手妻《てづま》、落語、講釈、声色《こわいろ》など。しかし、近頃、人気があるのが娘浄瑠璃である。美しい娘が浄瑠璃を語るのに男たちが夢中になっていると聞いている。

「そうですか。おゆうさんが娘浄瑠璃に……」

吉右衛門師匠の長唄や清元《きよもと》などは歌舞伎《かぶき》の芝居小屋で演じるが、おゆうは庶民の娯楽の場である寄場芸人になろうしているのだ。

「吉栄さん、引き止めてすまなかった」

隠居が言う。

「いえ。そのうち、おゆうさんに会ってみます」

そう言い、栄次郎は吉右衛門の家をあとにした。

元鳥越町から蔵前《くらまえ》に出て、浅草御門を抜けて薬研堀にやって来た。

薬研堀は大川《おおかわ》からの入り堀で、半分以上が埋め立てられたが、まだ一部は残っている。その薬研堀にかかる元柳橋《もとやなぎばし》の傍に『久もと』がある。

栄次郎は『久もと』の脇門をくぐった。玄関前を掃除している女中に、女将さんを呼んでもらった。

「どうぞ中でお待ちください」

女中は土間に引き入れてから奥に向かった。

小粋な女将がやって来た。

「栄次郎さんじゃありませんか」

女将が声をかけた。

「すみません。お邪魔して」

「どうしました、こんな時間に?」

「吉右衛門師匠から聞いたのですが、昨夜、私に似た侍を見たそうですね」

「ええ。てっきり、栄次郎さんだと思いました。でも、師匠が声をかけても返事をせず、そのまま去って行ってしまって……」

「その男は門のところにいたのですか」

「そうです」

「こんなことおききしても答えられないでしょうが、ゆうべのお客さんのことをおききしたいのですが」

「お客さまのことですか」

「私に似た侍はお客さんの中の誰かを待っていたと思われます。それが誰か知りたいのです」

「それは……」

女将は困惑の色を見せた。

「では、これだけを教えてください。武士はいましたか」

「いえ」

「いなかったのですか」

「はい。いらっしゃったのはさる大店《おおだな》の旦那に職人の親方衆、それから芝居関係の方々、それに杵屋の師匠と後援者のみなさま」

その中に、高樹清四郎の狙いの者がいたとしても誰かはわからない。本人も狙われていることに気づいていないかもしれない。

「そのお侍さまが何か」

「いえ。ただ、私に似ているという侍がいることを別なところでも聞きました。ちょっと気になったもので」

その侍に間違えられて襲われたことは言わずにおいた。

「自分に似た人間がいるなんて、ちょっと薄気味悪いでしょうね。そのひとが他で悪さをしていたらと思うと……」

女将は眉根を寄せた。

悪いことかどうかはともかく、高樹清四郎は何かをしようとして、そして何者かに狙われているのだ。

「お忙しいところをお邪魔して申し訳ありませんでした」

「いえ。また、御前《ごぜん》さまとお出でくださいましな」

「わかりました」

御前さまとは、岩井文兵衛のことだ。

栄次郎は『久もと』をあとにした。

手掛かりは得られなかったが、栄次郎はますます高樹清四郎が気になった。清四郎の周囲で何が起きているのか、そのことを知りたかった。

半刻（一時間）後、栄次郎は浅草黒船町のお秋の家の二階にいた。

三味線を取り出し、撥《ばち》を手にしたが、頭の中に自分に似た男が現れていて稽古どころではなかった。

不忍池の辺で死んでいたのは栄次郎に襲いかかった侍に間違いない。斬ったのは高樹清四郎であろう。

探し出す手立てはあるか。自分に似た男を吉原で見たという屋敷出入りの商人に会って、高樹清四郎がどこの妓楼《ぎろう》にいたかがわかったとしても、その妓楼がどこまで清四郎のことを知っているか。おそらく、何も知るまい。

清四郎への思いを振り切って三味線を抱え、ひとたび撥で糸を弾けば、もう清四郎のことは頭から去り、三味線を弾くことに気持ちは集中した。

あとは夢中で三味線を弾き続け、気がついたときには部屋の中が暗くなっていた。こっそりお秋が部屋に入ってきて、行灯《あんどん》を火を入れた。

区切りをつけて、

「お秋さん」

と、出ていこうとするのを呼び止めた。

「はい」

敷居の前でお秋は振り返った。

「今夜は崎田さまはお見えになりませんよね」

昨夜見えたのだから今夜は来るまいと思いながら、栄次郎は念のためにきいた。昨夜は孫兵衛の酒の相手をしていて遅くなり、その帰りにひと違いから襲われたのだ。

「ええ、今夜は来ません。明後日《あさって》です」

「そうですか」

「栄次郎さん、旦那に何か」

「ちょっと教えていただきたいことがあったんです」

「栄次郎さん、また何かに首を突っ込んでいるんじゃありませんか」

「えっ、どうしてですか」

「だってうちの旦那に教えてもらいたいことって言ったら……」

「そんな危ないことではありませんよ」

栄次郎は笑った。

その夜、栄次郎はお秋の家で夕餉を馳走になり、六つ半（午後七時）に家を出た。

御徒町から下谷広小路を突っ切り湯島切通し坂下にやって来たとき、今朝《けさ》の岡っ引きが坂を駆け上がっていくのが目に入った。

岡っ引きは切通町のほうに入る道に曲がった。栄次郎が差しかかって岡っ引きが曲がったほうを見ると、ほんの目と鼻の先で数人の男がたむろしていた。岡っ引きの足元に誰かが倒れているのがわかった。

栄次郎はそこに足を向けた。倒れていたのは侍で、すでに死んでいるようだった。手に刀が握られていた。

岡っ引きがホトケを検《あらた》めている。

「親分」

栄次郎は声をかけた。

「おや、お侍さんは今朝の？」

岡っ引きは怪しむように言う。

「矢内栄次郎です。ちょっとホトケさんを見させていただけませんか」

「いいでしょう」

何か言いたそうだったが、岡っ引きは場所を空けた。

栄次郎は合掌してから顔を覗く。顎《あご》が長い。頬被《ほおかぶ》りをしていたが、顎が尖っていることはわかった。

やはり、待ち伏せていた侍のひとりだ。

今朝のホトケと同じように左の頸から胸にかけて斬られていた。おそらく、高樹清四郎の仕業《しわざ》であろう。栄次郎は辺りを見回した。また、饅頭笠の侍が様子を窺っているような気がしていた。

「矢内さま」

岡っ引きが声をかけてきた。

「矢内さまは、何かご存じなんですね」

問い詰めるような口調だ。

「じつは、昨夜の五つ半（午後九時）、坂の途中にある柳の木の陰に隠れていた三人の侍に襲われたのです」

「襲われた？」

「ええ。でも、ひと違いとわかってすぐ逃げて行きました」

「矢内さまを誰かと間違えたのですか」

疑い深そうに、岡っ引きは口許を歪めた。

「そのようです」

「襲ってきたのはこの侍に間違いありませんか」

岡っ引きが確かめる。

「間違いないと思います。今朝、不忍池の辺で見つかった侍も仲間だと思います。同じ相手にやられたのでしょう」

「誰なんでしょうか」

「さあ」

高樹清四郎の名を出すことがためらわれた。

「今朝の侍の身元はわかったのですか」

栄次郎がきいた。

「わかりません。どこかの家中の侍でしょうが、殺されたことに気づいていないのかもしれませんね」

「ふつか続けてふたりが殺《や》られたのですから、これで屋敷も大騒ぎになるでしょう。親分さん、どこのご家中かわかったら、教えていただけますか」

「いいでしょう。あっしは天神下《てんじんした》の政吉《まさきち》っていいます。矢内さまはどちらに？」

政吉の目が鈍く光った。

「屋敷は本郷ですが、浅草黒船町のお秋というひとの家にいつもおります」

「そうですかえ。じゃあ、何かあったらお知らせに上がります」

同心がやって来たので、栄次郎はその場を離れた。

途中で振り返ると、政吉はじっとこちらに目を向けていた。政吉は栄次郎を信じていないようだった。

栄次郎は坂を上がって行く。なぜ、殺された侍はこの近辺で高樹清四郎を待ち伏せていたのか。清四郎の住まいがこの近くにあるのだろうか。

はたして、清四郎を狙っているのは三人だけだろうか。場合によっては、新たな助太刀が現れるかもしれない。

いつまた、清四郎に間違えられて襲われるかもしれないと思うと、栄次郎ははやく清四郎を見つけ出したいと思った。

三

翌朝、朝餉のあと、栄次郎は兄に呼ばれた。

部屋で差し向かいになると、兄が口を開いた。

「そなたに似た男を吉原で見たのは『灘屋《なだや》』の主人だそうだ」

「灘屋さんですか」

四十ぐらいの小肥りの男だ。吉原でよく遊んでいると聞いたことがある。

「あとでさっそく話をきいてきます」

「うむ」

「兄上、じつは昨夜、私を襲った三人のうち、ふたりが続けて殺されました」

栄次郎は詳しい話をした。

「高樹清四郎か」

「そうだと思います。ふたりとも左の頸から胸にかけて斬られていました。かなりの腕だと思います」

「探し出して、どうするつもりだ？」

「わけを知りたいのです。高樹清四郎は薬研堀の『久もと』や吉原の妓楼の前で見られています。何か狙いがあるように思えてなりません」

「そうよな。しかし、厄介《やっかい》なことに巻き込まれかねぬ」

「何もせずにいても、高樹清四郎に間違われ、巻き込まれるような気がします」

「それに、私の性分としてこのまま捨てておくことは出来ません」

「父上譲りのお節介《せっかい》病だからな」

兄は苦笑したあと、

「こうなるんだったら新八に役目を与えるのではなかったな」

と、真顔になって言う。

「いえ。私のほうは心配いりませんよ」

「そうか。じつは、新八が下男として的場伊右衛門どのの屋敷に奉公することに決まった」

「そうですか。新八さんならうまくやってくれるでしょう」

「だが、もし、必要なら遠慮なく言うのだ」

「はい。では」

栄次郎は立ち上がった。

「うむ」

兄は唸った。

屋敷を出てから本郷四丁目にある酒屋の『灘屋』に行った。

店に入ると、客が来ていて、手代が樽《たる》から徳利《とっくり》に酒を入れていた。

奥から『灘屋』の主人が現れた。

「栄次郎さんじゃありませんか」

驚いたように灘屋は目を丸くし、

「ひょっとして、私がよけいなことをお話ししてしまったことで？」

と、小さくなってきいた。

「そうじゃありません。灘屋さんが見たのは私ではありません」

「えっ、栄次郎さんではないですって」

灘屋は困惑した顔をした。

「ええ。最近、私に似た男があちこちに現れているんです。吉原に現れたのもその男です。どこの妓楼の前で見たんですか」

「江戸町《えどちょう》一丁目の『大樹楼《だいじゅろう》』です。張見世の前で女を見定めしていました。こうやって、改めて栄次郎さんの顔を見ていますと、少し違うようですね。でも、雰囲気なんかもそっくりでした」

灘屋は感心したように言い、

「それにしても、あの御方はどなたなんですか。まさか、栄次郎さんの兄弟……。それも双子の？」

「いえ。まったくの赤の他人です」

そう答えたあとで、栄次郎ははっとした。

自分に兄弟がいないとはっきり言えるのだろうか。

栄次郎は今の大御所治済が一橋家当主だった頃に、旅芸人の胡蝶《こちょう》という娘に産ませた子だった。栄次郎は近習番をしていた矢内の家に引き取られた。そのことを知っているのは用人をしていた岩井文兵衛だけだ。

栄次郎は物心がついたときには矢内の家で暮らしていたのであり、自分の出生の秘密を知ったのは数年前である。自分が生まれた頃のことをまったく知らない。だから、双子だったかどうかもわからないのだ。

しかし、双子だったとしたら、岩井文兵衛は出生の秘密を話してくれたとき、そのことも口にしたのではないか。いや、言う必要はないと考えたのだろうか。

「その男を見たのは夜見世ですか」

「そうです。夜見世です。すががきがはじまっていましたから」

すががきは三味線によるお囃子《はやし》で夜見世がはじまるときに弾きだす。

「『大樹楼』の前にいた男はひとりでしたか」

「ひとりでした」

「張見世の妓を見ていたということですが、妓楼に上がったのでしょうか」

「さあ、そこまでは見てませんでした」

「そうですか」

気に入った妓がいなかったのか。

栄次郎は礼を言い、『灘屋』をあとにした。


夕方までお秋の家にいて、栄次郎は夜見世がはじまる頃に吉原大門《おおもん》をくぐった。

仲《なか》の町《ちょう》通りから江戸町一丁目の木戸門をくぐったとき、三味線の音が聞こえてきた。すががきだ。張見世がはじまったのだ。

栄次郎は『大樹楼』の前に行った。大見世だ。格子の中の部屋には美しく着飾った妓たちが妖艶な雰囲気を醸し出していた。

だが、栄次郎の視線は格子の中を覗いている客のほうに向けられていた。高樹清四郎に馴染みの妓がいるならまたやって来るだろう。

しかし、自分に似ている男は見つからなかった。

念のために賑わっている通りを歩き、他の妓楼の前を通っても清四郎らしき男にはめぐり合えなかった。

諦めて仲の町通りに戻ったとき、

「栄次郎さん」

と、渋い声で呼ばれた。

その声は、と栄次郎は振り返った。

「春蝶《しゅんちょう》さん」

栄次郎は小柄な年寄りに駆け寄った。

新内語《しんないがた》りの富士松《ふじまつ》春蝶と弟子の音吉《おときち》だった。ふたりとも三味線を抱えている。

「やっぱり栄次郎さんだった」

春蝶は皺だらけの猿のような顔を綻《ほころ》ばせた。

若い頃から道楽の限りを尽くした男で、破天荒《はてんこう》な生き方のせいか数えきれぬほどの辛酸《しんさん》を嘗《な》めてきた。そんな生き方が春蝶を名人にしたのだ。かんのきいた声での哀切《あいせつ》極まりない語りは天下一品だ。

一時は富士松一門から破門され、吉原での新内流しが出来なくなったが、今は一門に復帰し、吉原で音吉とともに新内流しをしている。

「春蝶さん、お元気そうで」

春蝶は年をとっているが、男の色気を感じさせる。

「すっかり、ご無沙汰して」

春蝶がすまなそうに言う。

「とんでもない」

「栄次郎さん、お久しぶりです」

音吉が挨拶をする。

「音吉さんもすっかり貫禄が出て」

栄次郎が感心して言う。音吉は三十半ば近くになる。以前は痩せぎすだったが、今は少し肉がついていた。顔は小さく、目も小さいが、鼻の穴と口が大きい。いかにも声がよさそうな顔付きに思えた。

「いえ、まだまだ。でも、栄次郎さんが吉原に来るなんて珍しくありませんかえ」

「じつはひと探しなんです」

「ひと探し？」

音吉が怪訝そうな顔をして、

「どなたですかえ」

「私に似た男です」

「あっ」

音吉が春蝶と顔を見合わせた。

「もしや」

栄次郎は、さっきの春蝶の言葉を思い出した。やっぱり栄次郎さんだったと言った。

「栄次郎さん、あっしたちはその男に会ってますぜ」

音吉がやや興奮して言う。

「いつですか」

「五日ほど前です」

それだと、『灘屋』の主人が見た日とは別だ。

「どこで?」

「江戸町二丁目の通りです。てっきり栄次郎さんかと思い、声をかけました。でも、相手はあっしらを睨みつけ、ひと違いだと」

「そんなに私に似ていたのですか」

「ええ、似てました。背格好も同じようです」

春蝶が答える。

「ただ、こうして栄次郎さんと向かい合っていると、違うとわかるのですが。あの男も気品のようなものがありましたが、栄次郎さんが醸し出す男の色気はありません」

「向こうのほうが目尻がつり上がっているので、きつい感じはしました」

音吉が春蝶の言葉を引き取って言い、

「栄次郎さんに双子の兄弟がいたってことはないですよね」

と、真顔できいた。

「それはありません」

春蝶や音吉は栄次郎の出生の秘密を知らない。一橋家当主の治済と旅芸人胡蝶の間に双子が生まれ、それぞれ別のところにもらわれた。そういうこともありえないことではないと、栄次郎は思った。

「春蝶さん、音吉さん。もし、またその男を見つけたら、私のことを話してくれませんか。浅草黒船町の家を教えて、訪ねて欲しいと言っていたと」

「わかりました。必ず、お伝えします」

春蝶が請け負った。

栄次郎はふたりと別れ、大門に向かった。

浅草田圃《たんぼ》を抜け、稲荷町《いなりちょう》を経て上野山下《うえのやました》から池之端仲町を通って切通しまでやって来た。辺りは暗く、ひと通りも少ない。

高樹清四郎はこの切通しを普段使っているのか、それともなんらかの事情があってこの坂を利用しているようだ。

そのことを知っているから、殺された連中はこの坂の途中で待ち伏せていたのだ。

だが、逆にふたりも殺され、饅頭笠の侍がこのまま引き下がるとは思えない。

辺りに注意を払いながら坂を上がっていったが、不審なひと影はなかった。

翌朝、栄次郎は朝餉のあとに母のところに行き、

「母上、岩井さまにお会いしたいのですが、使いを出してよろしいでしょうか」

と、きいた。

亡くなった父と親しい間柄だったせいか、母も岩井文兵衛とは親しい。だが、栄次郎が文兵衛と会う際には必ず母にお伺いを立てるのはそのせいだけではない。文兵衛だけが栄次郎の実の父と母を知っているのだ。母に内緒でそんな文兵衛と会うことを遠慮しているのだ。

「岩井さまに何か」

母は不安そうにきいた。

「じつは新内語りの春蝶さんから頼まれまして」

栄次郎は言い繕《つくろ》った。

「新内語り？」

母は眉を寄せた。

「岩井さまが贔屓《ひいき》なさっていらっしゃいます」

「そうですか」

母はそれ以上、きかなかった。話の内容は母には聞かれたくなかった。

「岩井さまには」

母は口を開いた。

「栄次郎の養子先を探していただいております。そのことをくれぐれもよろしくとお伝えしてください。よろしいですね」

「わかりました」

栄次郎は手紙を認《したた》め、奉公人に持たせた。

四

栄次郎は屋敷を出て、湯島切通しに差しかかった。

今朝は騒ぎはないようだった。そのままますぐ元鳥越町の吉右衛門師匠の家に行った

栄次郎が一番乗りで、師匠と見台をはさんで相対した。

まだ他の弟子がいないので、栄次郎はおゆうのことをきいた。

「おゆうさんが、娘浄瑠璃をやるというのはほんとうなんですか」

「ええ、ほんとうです。寄場の席亭から熱心に口説《くど》かれたようです」

「娘浄瑠璃はかなりの人気だそうですが、おゆうさんが……」

栄次郎は戸惑いぎみに言う。

「近頃、おゆうさんと会う機会がなかったもので、そこまで考えていたのかと驚いています」

「おゆうさんはいくら唄がうまくても歌舞伎の舞台には立てません。だったら、寄場になる。それもひとつの生き方でしょう。あれほどの美貌ですから、相当な評判になりましょう」

その後、稽古をつけてもらって、栄次郎は師匠の家を出た。

よほど、おゆうの家に寄っていこうと思ったが、なんとなく気後《きおく》れがした。まだおきゃんな娘だと思っていたが、急に大人びてしまったような気がした。

娘浄瑠璃はその語りにもまして容色が大きくものを言う。そういう世界に飛び込もうとしているおゆうの気持ちに触れることがなんとなく怖かった。

何がおゆうをしてそんな気持ちにさせたのか。

栄次郎はそのまま浅草黒船町に向かった。


昼過ぎ、栄次郎がお秋の家で三味線の稽古をしていると、襖の外でお秋の声がした。

「栄次郎さん、お客さんですよ」

「客？　どなたですか」

撥を持つ手を休め、栄次郎はきいた。

「政吉親分さんです」

「政吉親分？」

栄次郎は三味線を脇に置いて立ち上がった。

階下に行くと、紺の股引きに尻端折りした政吉が土間に立っていた。

「矢内さま」

栄次郎を見て、政吉は軽く頭を下げた。

「親分、何かわかりましたか」

栄次郎はきいた。

「いえ、それがまったくわからないんです」

「わからない?」

「ええ。どこのお屋敷からもホトケに関する問い合わせはありません。ふたりもいなくなれば大騒ぎになるでしょうが、どこからも何も言ってきません」

「………」

身元はすぐわかると思っていたので、栄次郎も意外だった。

「殺された侍は江戸の者ではないようです。勤番者ではないかと」

政吉が自信なさげに言う。

「しかし、勤番者であろうと、屋敷には国元からもたくさん朋輩《ほうばい》が来ているはずではありませんか。その者たちも口を閉ざしているのはどういうことでしょうか」

栄次郎は疑問をはさむ。

「そうですね」

「殺されたふたりは私に似た侍を待ち伏せていました。もしかしたら、秘密裏に国元から遣わされた刺客かもしれません」

「………」

「私に襲いかかったのは三人。もうひとりは饅頭笠をかぶっていて顔もわかりません。いずれにしろ、もうひとりいるのです。まだ、何か続きます」

「わかりました。十分に気をつけます」

政吉は栄次郎に挨拶したあと、

「おかみさん、お邪魔しました」

と声をかけて、引き上げた。

「今売り出し中の親分さんよ」

お秋はうっとりした様子で言う。

栄次郎が言うと、

「崎田さまが妬《や》きますよ」

「あら、栄次郎さんが妬いてくれるとうれしいのに」

と、お秋は笑って返した。


その夜、崎田孫兵衛がやって来た。世間には、お秋は腹違いの妹と称しているが、実際は孫兵衛の妾《めかけ》だった。

孫兵衛は南町の年番方《ねんばんかた》の与力であり、南町の実力者のひとりだった。

居間で落ち着いた孫兵衛に、栄次郎はきいた。

「不忍池の辺と湯島切通しで殺されたふたりの武士のことで何かわかりましたか」

「なぜ、そのようなことに興味を持たれるのか」

孫兵衛は猪口《ちょこ》を口に運ぶ手を止めてきいた。

「じつはそのふたりに私はひと違いから襲われたのです。幸い、相手は途中でひと違いと気づき、逃げだしましたが……」

栄次郎は説明した。

「そのようなことがあったのか。不思議なことに、まだ身元はわからぬ。いちおう、亡骸《なきがら》は奉行所で預かっているが、このままではいずれ無縁仏として葬るしかなくなる」

「殺された者にも家族とてありましょう」

栄次郎はやりきれないように言い、

「やはり、どこぞの国元から密命を帯びて江戸にやって来たのではないでしょうか」

「そうだな」

孫兵衛は苦い顔で、

「こうなると、武士とは哀れなものだ」

「どこのご家中か、まったく手掛かりさえないのですか」

「ない。万が一の場合にも身元が知られぬように持ち物にも気をつかっていたのかもしれない」

「武士が殺されたのはあのふたりだけですか」

「いや」

「えっ、まだいるのですか」

「十日ほど前、浜町堀《はまちょうぼり》で侍が死んでいた。同じように頸から胸にかけて斬られていた。やはり、身元はわからぬ」

「同じ家中の侍でしょうね。国元から刺客として江戸に送り込まれたのではないでしょうか」

「おそらくな」

孫兵衛は答えてから、

「国元で何か仕出かして出奔《しゅっぽん》した男に追手が遣《つか》わされたのであろう。だが、出奔した男のほうが腕が達者だったというだけだ」

高樹清四郎は国元で刃傷沙汰《にんじょうざた》を起こして江戸に逃げてきたのだろうか。しかし、解《げ》せないところがある。刺客は高樹清四郎を待ち伏せしていたのだ。

逃げた男の動きをどうやって知ることが出来たのか。

それより、気になるのが高樹清四郎が栄次郎に似ていることだ。そんなことはありえないと思うが、もし栄次郎が双子だったとしたら……。

「どうした？」

考え込んでいる栄次郎に、孫兵衛がきいた。

「いえ。刺客は何人送られてきたのかと思いまして。わかっているだけで四人。そのうちの三人が殺《や》られているということになりますね」

あわてて、とってつけたように口にする。

「そうだ。あと何人か刺客はいるかもしれぬ」

「また、死者が出るかもしれません。奉行所としては今後、どうなさるのですか」

栄次郎は身を乗り出してきく。

「ホトケの身寄りの者が名乗って来ぬのだからどうしようもない。お奉行を通じて大目付さまにきいてもらったが、どこぞの大名家で揉め事があるという知らせは受けてないそうだ」

その揉め事がおおっぴらになるのを防ぐために刺客が放たれているのかもしれない。

「いずれにせよ、三人の亡骸が身内のところに戻ることはないようですね」

栄次郎はやりきれないように言う。

「残念ながら、そうなるやもしれぬ」

孫兵衛はそう言ったあとで、

「ただ、救いは犠牲になったのが江戸の者ではなく、かつ武士だということだ。大名家の中の問題だ。奉行所が責任を問われる心配はない」

孫兵衛は他人事《ひとごと》のように言う。

「では、奉行所はあまり深入りはしないと？」

「支配違いだからな」

「でも、江戸の町中で三人殺されたのです。奉行所の沽券《こけん》に関わることではありませんか」

「まあ、なるようにしかならぬ。今後また何かあれば、そのときには何か手掛かりが得られるかもしれない」

孫兵衛は急に顔をしかめ、

「このような話を肴《さかな》に呑んでもうまくない」

と、今の話題を打ち切るように言った。

「どうした、呑まないのか」

「いえ、きょうは早く帰らねばなりませんので」

「そうか、つまらぬな」

「すみません」

栄次郎は挨拶をして立ち上がった。


お秋の家を出て四半刻（三十分）後、栄次郎は湯島切通しに差しかかろうとしていた。

坂の途中で待ち伏せていたのは、高樹清四郎が通ることがわかっていたからだ。清四郎はこの坂の先に住んでいるのだろうか。

あの夜、栄次郎が去ったあと、再び三人はあの場所で清四郎を待ち伏せたのか。しかし、ひとりは不忍池の辺で死んでいた。あの夜、切通しで栄次郎を襲ったあとで、不忍池の辺に行ったのだ。

何かが頭の中で閃きそうでいて、何も思い浮かばなかった。

今夜も饅頭笠の侍はいそうもなく、栄次郎は本郷の屋敷に急いだ。

屋敷に帰ると、岩井文兵衛から返事が届いていた。明日の昼四つ（十時）に、いつも会う小石川《こいしかわ》の寺で、と認《したた》めてあった。

「栄次郎」

母がきいた。

「私も岩井さまにお会いしとうございます。ごいっしょして……」

「母上」

栄次郎はあわてて、

「いっしょにというのは拙《まず》くありませんか」

「なぜ、ですか」

母はむっとしたように、

「まさか、母に内緒の話をするわけではありますまい」

と、迫るようにきいた。

「岩井さまとの間に、母上に内緒の話があるはずありません」

栄次郎は負目《おいめ》を感じながら言い、

「ただ、私が岩井さまに声をかけたのに、母上といっしょでは私が情けない男のように思われませんか」

「なぜですか」

母はきき返す。

「春蝶さんの言伝《ことづ》てを言うだけなのに、母上といっしょでは……。それに、私は岩井さまとは男と男として相対したいのです」

「わかりました。そういうことであれば、私は遠慮しましょう」

母は素直に引き下がった。

少し後ろめたかったが、栄次郎はほっとした。

翌日、栄次郎は小石川の寺の庫裏《くり》に行った。

庭に面した部屋に、すでに文兵衛は来ていた。

「御前、お呼び立てして申し訳ございませんでした」

栄次郎は詫びた。

「なあに、栄次郎どのにも会いたいと思っていたところだ」

文兵衛はにこやかに言う。栄次郎と会うのが楽しみなのだと、文兵衛はいつも言っている。

「何かわしにききたいことがあるそうだが」

「はい」

栄次郎は居住まいを正してから、

「御前、私の出生のときのことです」

と、切り出した。

「出生……」

文兵衛の顔に緊張が走ったような気がした。

「なぜ、また？」

「じつは、先日の夜、湯島切通しで待ち伏せていた武士に襲われました。しかし、ひと違いとわかって賊は逃走しました。高樹清四郎という侍を待ち伏せていたようです。その後、吉右衛門師匠が『久もと』の門前に私がいたと……」

栄次郎は自分に似た顔の男の話をした。

「春蝶さんは私だと思って声をかけているのです」

「それほど似ていると……」

文兵衛は頷いてから、

「もしや、栄次郎どのは双子ではないかと？」

と、きいた。

「はい。いかがでしょうか」

「いや。そんな話は聞いていない」

文兵衛は首を横に振った。

「わしはそなたが生まれたあと、入谷《いりや》にある植木職人の家の離れまで、そなたを受取りに行ったが、赤子はそなただけだった。胡蝶というそなたの母親も取り上げ婆《ばばあ》も、そして世話をしていた女も、双子だとは話していなかった。双子が生まれていたなら、ふたりぶんの世話をしていたはずだし、わしも気づいたと思うが……」

「御前が伺う前に、もうひとりをどこぞに預けていたということは？」

栄次郎は食い下がってきく。

「考えられぬが……」

文兵衛は思案顔になった。

「ありえないと思うが」

しばらくして、文兵衛は口を開いた。

「双子は不吉であるといって武家では忌み嫌うが、胡蝶にそういう考えはなかったかもしれない。ひとりをわしにとられてももうひとりは自分で育てる。そう考えたとしてもおかしくない。あくまでも双子が生まれた場合のことだが……」

「一度、実の母に会いに行ったことがあります」

旅芸人の胡蝶は川崎宿《かわさきしゆく》の旅籠《はたご》に嫁ぎ、女将になっていた。旅籠の亭主の後添いになったのだ。

母の今の暮らしを守るために、心と心では触れ合ったが、お互いに名乗ることなく別れた。

「母は先妻の子どもを育てていましたが、私と同じ顔の伜《せがれ》がいたら奉公人も驚くはずです。双子が生まれたとしても、ふたりとも手離したのかもしれません」

「あるいは、取り上げ婆が胡蝶に気づかれぬように始末したかもしれぬ。胡蝶さえ、双子だと知らなかったかもしれない」

文兵衛は言ってから、

「今のはあくまでも仮の話だ」

「はい」

栄次郎は頷いたが、さらにある考えを抱いた。

胡蝶は栄次郎を産んだあとも旅芸人を続けていた。そのとき、また別の大名の手がついて身籠もった。その男が高樹清四郎。だから、自分は清四郎に似ているのだ。

栄次郎は今の考えを話した。

「考えられなくはないが、胡蝶はそんな尻軽な女ではなかった。わしはそんなことはなかったと思う」

文兵衛は言い切ったあと、

「栄次郎どのは双子だとしたらどうするおつもりか」

「高樹清四郎がどこに預けられたかを知りたいのです。それによって、待ち伏せていた侍がどこのご家中の武士かがわかります」

「もしや、また胡蝶に会いに行くつもりでは？」

「場合によっては」

「胡蝶の今の暮らしに波風を立てることになりはせぬか。忘れていたふたりの子どものことを思い出し、心穏やかざることになるやもしれぬ」

「…………」

「仮に、双子を産んだとしても、胡蝶には知らされていなかったように思える。取り上げ婆と世話をしていた女の独断でどこぞに引き渡したのではなかろうか」

「取り上げ婆と世話をしていた女は今も達者でいましょうか」

「いかがであろうか」

「ふたりは、植木職人の亭主が世話を？」

「そうだ」

「では、その亭主にきけば取り上げ婆と世話をしていた女のことがわかるかもしれませんね」

「そうよな」

「植木職人の名をご存じですか」

「確か、『植正《うえまさ》』という名だったと思う」

「『植正』ですね」

「行ってみるのか」

文兵衛はきいた。

「はい」

「しかし」

文兵衛が厳しい表情になった。

「もし、双子だった場合、困ったことになりかねない」

「と、おっしゃいますと？」

「もし、高樹清四郎が双子の兄弟だとしよう。おそらく、その者はそのことを知らないのではないか」

文兵衛は重い口調で続けた。

「聞けば、高樹清四郎は追われている身。もし、清四郎が自分の出生の秘密を知ったなら、そのことを利用しようと考えるかもしれない。あるいは当人にその気がなくても、周囲の者が清四郎を担ぎ上げて何かを企むようになるやもしれぬ」

「…………」

「高樹清四郎が双子の兄弟だとしても、ここは隠し通すべきではないかと思う。そのためにはなまじ事実を知らないほうがよいのではないか」

反論しようとしたが、栄次郎は出来なかった。文兵衛の心配は十分に頷けるものだったのだ。

「御前の仰《おっしゃ》るとおりです。思慮が足りませんでした」

栄次郎は素直に応じた。

「栄次郎どのの気持ちはよくわかる。高樹清四郎にめぐり会ったあとに改めて考えたらよかろう」

「そのようにいたします」

「それより、しばらく『久もと』に行っていない。そのうちに、糸を弾いてもらおう」

「はい。そうそう、昨夜、久しぶりに春蝶さんにお会いしました。じつは、母には御前に会う理由に、春蝶さんから頼まれごとをしてと言ってあります。もし、母と会うことがあったら、そのように合わせていただければと……」

「わかった。母御にはそなたの養子先を探すようにせっつかれている。お会いするのも気が重いがの」

文兵衛は苦笑した。

近いうちに『久もと』で会う約束をして、栄次郎は文兵衛の前から辞去した。

庫裏を出て、栄次郎は冷たい風を受けた。高樹清四郎が何者なのか、別の手立てで探らなくてはならなくなった。

だが、手掛かりはない。新たな犠牲者が出るまで待たねばならぬのかと、憂鬱になって山門を出て行った。

五

栄次郎は小石川から本郷を経て湯島切通しの坂を上がった。

山門を出てからずっと高樹清四郎のことを考えていた。高樹清四郎は最近になって江戸にやって来たのであろう。

清四郎を追って、刺客も江戸にやって来た。

ここで不思議なことがある。刺客が湯島切通しで清四郎を待ち伏せていたことだ。はじめは、清四郎の住まいがあの近くにあるのかと思ったが、今から考えると妙だ。どうして、刺客は清四郎の住まいを突き止めることが出来たのか。そして、住まいがわかっているなら、なぜ住まいを襲わず、待ち伏せていたのか。

一方、清四郎の動きも妙だ。『久もと』の様子を窺っていたり、吉原の張見世を見ていたりしている。吉原には遊びに行っているようではなかった。

何か狙いがあってのことだ。高樹清四郎はなんらかの目的があって江戸にやって来たのではないか。

国元で不始末をしでかして逐電《ちくでん》したのではない。だとしたら、刺客は清四郎の狙いを阻止すべく遣わされたとみるべきだろう。

刺客は清四郎の狙いがわかっているのだ。だから、湯島切通しで待ち伏せていたのだ。つまり、あの近辺に清四郎の住まいがあるわけではなく、清四郎の目的の場所があるのではないか。

左手に武家屋敷が続き、右手に湯島天神の裏側。前方に刺客が潜んでいた柳が見える。

柳の木の手前に武家屋敷の角から左に折れる道があった。栄次郎は刺客のひとりが不忍池の辺で死んでいたことを思い出した。

その前にはここの柳の木の陰で待ち、栄次郎を襲った。ひと違いと気づいて逃げだした。ふたりは坂の上に、饅頭笠の侍は反対側に逃げた。

坂の上に逃げたふたりはこの道に駆け込んだのではないか。この道から不忍池のほうに出られるはずだ。

栄次郎は武家屋敷の角から左に折れた。だが、武家屋敷の長い塀が現れ、行き止まりだった。不忍池のほうに出られる道はなかった。

どうやら、刺客のふたりが逃げたのはこの道かと思ったが違っていたようだ。栄次郎は引き返した。

あるいは、あの刺客も同じように引き返したか。栄次郎が去ってから元の場所に戻って清四郎の待ち伏せを続けたのかもしれない。

栄次郎は再び切通しに出て、坂を下った。不忍池の辺で斬られた刺客はあのあとひとりで坂を下って不忍池に向かったのだ。

つまり、切通しと不忍池の二カ所に別れたのである。だが、清四郎は不忍池のほうに現れたのだ。

なぜ、清四郎は不忍池のほうに現れたのか。

栄次郎は坂下に下りて、不忍池のほうに向かった。死体が見つかった場所に着いてから池の辺を行く。

ふと、左手の上のほうに大きな武家屋敷が見えた。さっき行き止まりだった屋敷ではないかと思った。

栄次郎はその武家屋敷に向かった。大名屋敷のようだ。上《かみ》屋敷ではなく中《なか》屋敷のようだ。辻番所があった。屋敷とくっついているようで、大名の辻番所のようだ。

栄次郎は近付いて声をかけた。

「ちょっとお尋ねします。このお屋敷はどちらさまでしょうか」

丸顔の番人が、

「備中《びっちゅう》水沢《みずさわ》家の中屋敷だ」

と、答えた。

「備中水沢家といえば二十万石の……」

栄次郎は呟いてから、

「こちらにはどなたがいらっしゃるのですか」

「若君さまがいらっしゃる」

「お名前は？」

「何を調べておるのだ？」

「いえ。ただ、興味がありまして……。つい先日、不忍池の辺と切通町でお侍が殺されました。ご存じでいらっしゃいますか」

「騒がしかったからな。それがどうかしたか」

番人は面倒くさそうに答える。

「身元がわかっていません」

「そうらしいな」

「ホトケの顔をご覧になりましたか」

「そんな暇人ではない」

「水沢家では何か変わったことはありませんか」

「変わったこと？」

番人は不審そうな顔をした。

「そなた、何者か」

「怪しいものではありません。ちょっとひと探しをしているのです」

「ひとさがし？」

「はい。高樹清四郎という侍です。水沢家にはいらっしゃいませんか」

「おらぬ」

「名前を聞いたことは？」

「ないな」

突慳貪《つっけんどん》に言ってから、

「さあ、用が済んだらさっさと引き上げてもらおう」

と、番人は追い払うように言った。

「失礼しました」

栄次郎は踵を返した。

（備中水沢家か）

栄次郎は呟く。

この屋敷なら切通しのほうからも行ける。もっともそっちは塀に突き当たり、入口はない。

門は不忍池のほうだが、もし高樹清四郎が無断で屋敷に忍び込むつもりならかえって切通しのほうから行ったほうがいい。

待ち伏せの三人が切通しのほうで待ち伏せていたのは、清四郎が堂々と正面から中屋敷を訪問すると考えていなかったからだろう。

清四郎が備中水沢家の中屋敷を訪問しようとしていたのかどうかわからないが、調べてみる値打ちはありそうだと思った。

栄次郎はそれから元鳥越町に向かった。

吉右衛門師匠の家の格子戸を開けたとき、土間に赤い鼻緒の駒下駄《こまげた》があった。

栄次郎はあっと声を上げた。おゆうだと思った。三味線の音は聞こえず、稽古をしている様子はない。

部屋に上がると、稽古場のほうから話し声が聞こえる。

おゆうが今までの礼を言っているようだ。ようやく、話が終わっておゆうが下がってきた。

「おゆうさん」

栄次郎は声をかけた。

「栄次郎さん」

おゆうの表情が硬くなった。

「すみません、急いでいますので」

おゆうは頭を下げて土間に向かった。

「おゆうさん、どうしたんですか」

驚いて、栄次郎は腰を浮かした。

下駄を履いてから、おゆうは振り返った。

「栄次郎さん、今までいろいろありがとうございました。私は新しい生き方をすることにしました」

おゆうはそう言うや、

「失礼します」

と頭を下げ、土間を出て行った。

栄次郎はあわてて追いかけた。

おゆうに追いつき、

「おゆうさん。どうしたんですか」

と、栄次郎はきいた。

「いえ、なんでもありません」

「でも」

おゆうは俯《うつむ》き、栄次郎の顔を見ようとしなかった。

「娘浄瑠璃をやるそうですね」

「はい」

「なぜ、娘浄瑠璃を？」

「鳶《とび》の叔父《おじ》が寄場を作ったんです。でも、新しい参入でなかなかいい芸人さんが出てくれなくて……。そのためお客の入りも悪くて」

「それで、おゆうさんに白羽《しらは》の矢が立ったわけですか」

「はい」

おゆうは頷いてから、

「でも、いやいややるんじゃないんです。栄次郎さんも頑張ってください。失礼します」

おゆうはいきなり駆けだした。

今度は追うことは出来なかった。栄次郎は茫然とおゆうを見送るだけだった。おゆうはまるで別人のように栄次郎を寄せつけなかった。

しばらく会わなかった間に、おゆうは栄次郎の手の届かないところに行ってしまったようだった。

おゆうの背中が見えなくなって、栄次郎は師匠の家に戻った。

「吉栄さん、どうぞ」

吉右衛門に呼ばれ、稽古場に行った。

見台の前に座るのを待って、吉右衛門が口を開いた。

「おゆうさんの気持ちが私にはよくわかります」

「えっ？」

栄次郎は驚いてきき返す。

「気持ちというと？」

「おゆうさんが娘浄瑠璃の道を選んだわけです」

「なぜですか」

栄次郎は身を乗り出してきいた。

「おゆうさんは……」

吉右衛門は言いよどんだ。

栄次郎は待った。吉右衛門は栄次郎の顔を見つめ、

「おゆうさんは吉栄さんから離れたかったのですよ」

「離れたかった？」

栄次郎は衝撃を受けた。

「吉栄さんは気づいていなかったのですか」

「気づく？　何をですか」

「おゆうさんの気持ちです」

「…………」

「おゆうさんは吉栄さんのことが好きだったのですよ」

「でも、それは兄のように……」

「いえ、おゆうさんは真剣でした。でも、吉栄さんはお侍さんです。身分の違いを考えれば添えるわけはない。そう思いつつも募る恋心。おゆうさんがさんざん悩み苦しんでいるとき、娘浄瑠璃の話がやって来た。吉栄さんのことを忘れるために、その話に乗ったのです」

「そんな……」

栄次郎はそこまで考えもしなかった。

「私はそのことに気づいていたので、あえて引き止めなかったのです。おゆうさんにとっては、それしか道はなかったのでしょう」

「…………」

栄次郎は胸が切《せつ》なくなった。

「でも、おゆうさんは娘浄瑠璃の道に進む覚悟が出来ています。きっと素晴らしい芸人になるんじゃないでしょうか」

吉右衛門は期待するように言った。

「私はおゆうさんにはふつうにお嫁に行って仕合わせになってもらいたかった」

栄次郎はやりきれないように言う。

「吉栄さんの気持ちもわかります。でも、それほど、吉栄さんのことが好きだったのでしょう」

格子戸の開く音がした。弟子がやって来たのだ。

「さあ、お稽古をはじめましょうか」

吉右衛門は声をかけた。

栄次郎は三味線を持ち、おゆうのことを忘れるように撥を振ったが、自分でも三味線の音が荒れているのがわかった。

吉右衛門の家から浅草黒船町のお秋の家に移ってからも、栄次郎はおゆうのことを引きずっていた。

三味線の稽古を何度も中断した。

栄次郎は三味線を置き、窓辺に立った。大川が望め、御厩河岸《おうまやがし》の渡し船が見える。

「おゆうさん」

栄次郎は思わず呼んでいた。

おゆうの気持ちを知らないうちはなんとも思わなかったが、なぜか今は心が騒いでならない。

おゆうは娘浄瑠璃をいやいやるのではないと言っていた。なぜ、あえてそういう言い方をしたのか。

「栄次郎さん」

襖が開いて、お秋が顔を出した。

「政吉親分がいらっしゃいました」

「そうですか。すみませんが、ここに通してくださいませんか」

「はい」

お秋が下がった。

栄次郎は部屋の真ん中に戻った。

しばらくして、政吉がやって来た。

「失礼しやす」

政吉は栄次郎の前に畏《かしこ》まった。なんとなく浮かない顔だ。

「三味線をお弾きになるのですか」

政吉は三味線に目をやった。

「ええ、屋敷では弾けないのでここで稽古をしているんです」

「そうですかえ。あっしはそういう方面は疎《うと》いほうでして」

政吉は頭をかいた。

「何かわかったのですか」

栄次郎はきいた。

「いえ、思うようにいきません」

政吉は首を横に振った。

「斬り合いを見たという者がいないか探したのですが、見つかりません」

「そうですか」

「じつはお知らせしたいことがありまして」

政吉が言いづらそうに切り出した。が、すぐ言いよどんだ。

「何か困ったことに？」

「へえ。じつはひとつだけわかったことがあります」

「なんですか」

「不忍池の辺で死んでいた侍が持っていた煙草入れについていた根付《ねつけ》が変わっていましてね」

「変わっている？」

「はい。焼き物の小さな鬼なんです」

「焼き物ですか」

「あちこちの小間物屋などにきいてまわったところ、備前焼《びぜんやき》で、鬼退治の鬼を模したものではないかと。それで、備前の出の主人がやっている骨董屋に行ってきいたところ、備前のなんとかという陶磁家が遊びで作った根付だと教えてくれました」

「備前ですか」

栄次郎はこれで間違いないと思った。

「大きな手掛かりです」

「殺された侍は備前岡山《おかやま》藩の池田《いけだ》家の家中かと思われます。ところが、相手が悪すぎると、同心の旦那が臆してしまって……」

政吉は眉を寄せた。

「つまり、これ以上の探索は難しいというのですね」

「そうです。大名家のごたごたに巻き込まれたくないということです。奉行所としても大名家には手出し出来ませんからね」

政吉は小さくなって、

「そういうわけで、この件に関してはいちおう手を引くことになったんです」

「そうですか」

栄次郎は予想がついたことだったが、いざそのことを知らされると複雑な思いがした。

「しかし、この先、また何か起こります。まだ、相手は健在なのですから」

「そのときは、改めて考えるということです」

「政吉親分」

栄次郎は口調を強めた。

「へえ」

「じつは、私なりに考えて、殺された侍がどこのご家中か考えてみました。それで見当をつけた大名家があります」

「………」

「殺されたふたりは何者かを待ち伏せていたのです。ところが、ひとりは不忍池の辺で、もうひとりは切通しの下で殺されていました。つまり、相手が向かう先はふた通りの道があったということです。それに当てはまるのは備中水沢家の中屋敷です」

「備中水沢家？」

「加賀前田家《かがまえだけ》に接して中屋敷があります。さっきの政吉親分の話で自分の想像に自信が持てました。備中は備前の隣りです。備前焼の根付を持っていても不思議ではありません」

「そうですね」

「私はこう考えました。事情はわかりませんが、ある武士が中屋敷にいる誰かに会いに行こうとして備中の国元を出奔《しゅっぽん》した。それを阻止せんと、追手が遣わされたのです」

「だから、中屋敷に向かう途中で待ち伏せていたというわけですね」

「そうだと思います。ただ、こういう事態になっているのに、中屋敷では変わった動きは見られないようです。この点はよくわかりませんが。いずれにしろ、殺されたほうも殺したほうも備中水沢家の家中の侍だと思います」

栄次郎はそう話したあとで、

「ただ、中屋敷のほうではそのことを認めないでしょう」

「国元を出奔した侍は、中屋敷の誰に会いに行こうとしていたのでしょうか」

政吉が身を乗り出してきいた。

「ふつう中屋敷には隠居した藩主や嗣子《しし》が住んでいます。ふつうに考えれば、隠居した藩主でしょう。わざわざ出奔して会いに来たとすれば、たいへんな事態になっていると考えられます」

「矢内さま」

政吉が口をはさんだ。

「いずれにしろ、御家騒動ですね」

「まあ、そうですね」

「具体的に藩の名がわかったとしても奉行所が手を出せないのは変わりありません」

政吉は無念そうに言う。

「政吉親分。いちおう今のことを頭に入れておいてください。今度、新たな事件が起きたとき、また違った見方が出来ると思います」

「わかりました。あっしも出来るだけ、備中水沢家の中屋敷に注意を払ってみます。では、あっしはこれで」

政吉は挨拶をし、引き上げた。

奉行所の及び腰に栄次郎は落胆した。こうなれば、ひとりで立ち向かうだけだ。自分に似ているという高樹清四郎をなんとしてでも探さねばならなかった。その先に、何が待っているかわからない。だが、清四郎をこのままにしてはならないという思いが、栄次郎を突き動かしていた。

第二章　刺客

一

数日後の夜、栄次郎は薬研堀の『久もと』の門をくぐった。

玄関に迎えに出た女中に案内され、奥の座敷に行く。すでに岩井文兵衛が来ていて、女将と話していた。

「きょうは御前より早いと思いましたが」

栄次郎は苦笑して言う。

「気にするな。ひとより早く来るのはわしの性分だ」

「恐れ入ります」

「今、女将から、栄次郎どのと似た侍のことを聞いた。よく似ていたそうだ」

「はい。見かけたひとは皆、私だと思ったそうです」

「うむ」

文兵衛が厳しい表情になったのは、双子ではないかという話を思い出したからだろう。

「御前、お伺いしたいのですが、備中水沢家をご存じでいらっしゃいますか」

「備中水沢家？　それほど詳しくはないが……。何を知りたい？」

「湯島に中屋敷がございます。そこにどなたがお住まいなのか」

「女将。すまぬ、しばらく座を外してもらおうか」

文兵衛は女将に顔を向けた。

「承知いたしました。では」

女将が下がってから、

「確か、世嗣《せいし》の忠常《ただつね》どのがいらっしゃるはずだ」

文兵衛はつい最近まで、この『久もと』で各藩の御留守居役とよく会っていた。大御所治済に報告する情報を仕入れるためだった。今は、治済は病に臥していて会う機会がないようだが、主だった各藩のおおよそのことは知っているはずだった。

「忠常どのは現藩主忠則《ただのり》どのの実子ではない。兄の子だ。幼少の頃に養子にした」

「でも、御家を継ぐ御方なのですね」

「そうだ」

「忠常どのはお幾つで？」

「二十五、六ではないか」

「前藩主は？」

「もうおらぬ」

「そうですか」

だとしたら、前藩主への訴えという考えは違うことになる。では、世嗣の忠常に、高樹清四郎は会いに行こうとしているのか。

「今、藩主は江戸に？」

「江戸にいるはず」

「上屋敷はどちらでしょうか」

「築地《つきじ》だ」

「水沢家で何か異変が起こっているという話はありませんか」

「いや、聞かぬが……」

文兵衛は不審そうな顔をして、

「栄次郎どの、水沢家に何か」

「私に似た高樹清四郎は湯島の中屋敷に行こうとしていたのではないかと思えるのです。それを、国元からの刺客が阻止せんと待ち伏せていた……」

　栄次郎は中屋敷に目をつけた理由を話し、

「高樹清四郎も水沢家の家臣ではないかと思われます。その清四郎がなぜ、危ない思いまでして中屋敷に近付こうとしているのか。最初は前藩主への訴えかと思いましたが、前藩主はすでに亡《な》いとなれば、世嗣の忠常さまのみ」

「それとなく調べてみよう」

「お願いします。申し訳ありません。これから楽しもうというところに無粋な話をして」

「いや。由々《ゆゆ》しきことが水沢家で起こっているやもしれぬ」

　文兵衛はそう言ってから、

「他に何か」

　と、確かめるようにきいた。

「もう一点。十日ほど前にも、浜町堀で侍が斬られております。左の頸から胸にかけて斬られており、高樹清四郎の仕業だと思われます。あの辺りに、清四郎が出没した理由が何か。ひょっとして、あの付近に水沢家に関わる何かがあるのかと思いまして」

「あの辺りにも中屋敷や下《しも》屋敷が集まっている。しかし、水沢家の下屋敷は小名木川《おなぎがわ》沿いのはずだ。浜町堀にはない」

「そうですか」

高樹清四郎はなぜ、浜町堀に行ったのか。なぜ、そこに刺客が待ち伏せていたのだろうか。

「まだ、わからないことがたくさんあります」

「そうか。もうよいか」

「はい」

「では」

文兵衛は手をぽんぽんと叩いた。

女中が襖を開けた。

「よろしゅうございますか」

「うむ。頼む」

やがて、酒も運ばれてきて、文兵衛の馴染みのおきんとおるいという芸者もやって来て賑やかになった。

おきんという芸者の三味線で幾つか端唄《はうた》を披露した文兵衛が、

「栄次郎どの」

と、声をかけた。

「何か浮かぬげに思えるが」

栄次郎ははっとして、

「いえ、なんでもありませぬ」

と、あわてて答えた。

つい、おゆうのことに思いを馳せていたのだ。いずれ娘浄瑠璃として寄場に出るようになる理由が栄次郎のことにあったのだろうか。もし、そうだとしたら、自分はおゆうの生きる道を大きく変えさせてしまったことになる。

もちろん、おゆうが自分の考えで行動したことだし、栄次郎が気に病むことではない。そうは思っていても、栄次郎の心は痛む。

「すみません。厠へ」

栄次郎は立ち上がった。

廊下に出て、突き当たりにある厠に入る。おゆうはほんとうに娘浄瑠璃として生きていくつもりなのだろうか。

そのことばかりが頭の中を駆けめぐる。

用を足し、廊下に出る。手を洗ったあと、部屋に戻りかけたが、ふと立ち止まり、石灯籠に灯が入って幽玄な雰囲気の内庭に見入った。

師匠の家で会ったおゆうはまるで栄次郎を避けるようだった。そのことも引っかかっている。なぜ、避けるのか。

内庭の向かい側の部屋の障子が開いて芸者と客が出て来た。脂《あぶら》ぎった感じの商家の旦那ふうの男だ。

少し酔った体《てい》で、芸者に支えられている。厠に行くようだ。

「栄次郎さま」

芸者のおるいが近付いてきた。

「迎えに来てくれたのですか」

「御前が気になるからって」

おるいが答える。

「そうですか。心配かけてしまったようですね。でも、違うんです。あの石灯籠の明かりを見ていたんです」

「石灯籠の明かり？」

「なんとも言えない温かみが感じられるんです」

さっきの旦那ふうの男が厠から出て来た。

「あの御方は？」

栄次郎はなんとはなしにきいた。

「『備中屋』の旦那です」

「『備中屋』？」

「ええ。本町《ほんちょう》三丁目にある紙問屋です」

「備中屋というと、備中の出なのですか」

「お父さまが備中の出だそうです。栄次郎さま、何か」

おるいが不思議そうにきいた。

「いえ。備中屋さん、よくここにはいらっしゃるのですか」

「はい。お見えです」

備中屋が部屋に入った。障子が開いたとき、武士がいるのがわかった。まさか、水沢家の家臣ではないかと思った。

先日の夜、高樹清四郎が門の脇にいた。そのときも、備中屋が来ていたのかもしれない。清四郎の狙いは備中屋だろうか。

明日にでも、備中屋を訪ねてみようと思った。

「寒いですよ、お部屋に戻りましょう」

おるいが声をかける。

「ええ」

備中屋の部屋にもう一度目をやり、栄次郎も座敷に戻った。

その後、栄次郎の三味線で端唄を聞かせ、文兵衛はすっかりいい気持ちになっていた。

五つ（午後八時）をまわって、文兵衛が満足そうに、

「そろそろ引き上げるとするか」

と、言った。

すでに女将が駕籠の手配をしてあり、文兵衛は玄関を出て駕籠に乗り込んだ。栄次郎は見送った。

駕籠が去ったあと、

「女将さん。先日、私に似た侍を見た夜のことですが」

と、栄次郎は切り出した。

「はい」

「備中屋さんは来ていましたか」

「備中屋さん……。ええ、確かにその夜は来ていました」

「そうですか」

はっきりとは言い切れないが、高樹清四郎は備中屋を待っていたのではないか。なんのためかわからないが、何かをきこうとしたのか。

いや、それなら料理屋の前で待つより、本町三丁目の店を訪ねたほうがいいはずだ。

では、なんのために門の脇にいたのか。

「今夜、備中屋さんがいらっしゃっていますね」

「ええ。お見えです」

「まだ、いらっしゃるのですか」

「はい。そろそろお帰りになるようですが」

「さっき厠に行ったとき、備中屋さんの部屋にお侍がいらっしゃいました。どなたなのでしょうか」

「それが……」

「すみません。また、よけいなことをきいてしまいました」

「そうじゃありません。身元は明かしてくれないのです。備中屋さんも教えてくれようとしません」

「備中水沢家のご家来ではありませんか」

「いえ。ご直参《じきさん》だと思います」

「そうですか。すみません、いろいろお訊ねして」

「いいえ」

「では、私もこれで」

「お駕籠、ほんとうにいいんですか」

「ええ。だいじょうぶです」

「お気をつけて」

女将と芸者のおるいの見送りを受けて、栄次郎は門を出た。そして、元柳橋の袂で立ち止まり、暗がりに身を寄せた。

備中屋が『久もと』から出て来るのを待つつもりだった。もしかしたら、この近辺に高樹清四郎が潜んでいるかもしれない。そんな気がしたのだ。

しばらくして、『久もと』から駕籠が出て来た。備中屋が乗っているに違いない。

そう思って暗がりから見ると、駕籠の後ろにふたりの浪人がついていた。

用心棒だと思った。備中屋は清四郎の襲撃を予想しているのか。それとも、いつも用心棒をつけているのか。

備中屋を乗せた駕籠と用心棒は元柳橋の手前を左に折れ、薬研堀埋立地のほうに向かった。

栄次郎はそのあとをつけた。だが、怪しげなひと影はなく、駕籠は横山町《よこやまちょう》に差しかかり、本町通りに入った。

本町に向かう駕籠を見送ってから、栄次郎は本郷への道を急いだ。

本郷の屋敷に帰りついたのは四つ（午後十時）だった。

栄次郎が自分の部屋に向かうと、兄が顔を出した。

「栄次郎、来てくれ」

「はい」

栄次郎は部屋に入り、刀を刀掛けにかけてから、兄の部屋に行った。

部屋で差し向かいになると、兄が口を開いた。

「的場伊右衛門どのの屋敷に忍び込ませている新八から知らせがあった。それが栄次郎のことと関わりがあるやもしれぬと思ってな」

「何か」

「先日、高樹清四郎は備中水沢家の家来ではないかと言っていたな」

「はい」

湯島の中屋敷の件も兄には話してあった。

「新八に的場家の身内のことも調べてもらった。その報告の中で、伊右衛門どのの妹について触れてあった。妹はかなりの美形で、備中水沢家の藩主忠則公の側室だそうだ。下屋敷に住んでいるそうだ。先日、的場どのの屋敷にやって来たそうだ」

「………」

「考え過ぎかもわからぬが、高樹清四郎の件と的場伊右衛門どのが屋敷に用心棒と思える浪人を住まわせていることが重なってな」

兄は不審そうに言う。

「いえ、考え過ぎとは思えません。もしかしたら、的場伊右衛門さまもまた高樹清四郎から狙われているのかもしれません」

「しかし、なぜ、高樹清四郎が伊右衛門どのを狙うのか。そのわけがわからん」

「はい。ただ、やはり藩主の側室が絡んでいるとなると、そう思わざるを得ません。ところで、的場伊右衛門さまの屋敷では何か怪しげな動きはあったのですか」

「今までのところ、何もないそうだ」

「兄上。念のために、新八さんに高樹清四郎のことを話しておいてもらえませんか。私に似た男だということも」

「わかった。伝えておこう」

兄は頷いてから、

「今宵は岩井さまにお会いしてきたそうだな」

と、表情を和らげた。

「はい。相変わらず、気持ちよさそうに端唄をお唄いになっておられました」

「そうか。岩井さまはじつに人生を楽しんでおられる。あのような年寄りになりたいものだ」

「私もそう思います」

「母上は、岩井さまのそういう一面をご存じないであろうな。もし、知っていたら、栄次郎と親しくすることに眉をひそめるであろう」

「そうでしょうね」

「栄次郎」

ふと、兄が怪訝そうな顔をした。

「そなた、何か屈託でもあるのか」

「えっ？」

栄次郎ははっとした。

「なんだか顔色が優れぬようだ」

「いえ、そんなことはありません」

「そうか。それならよいが。高樹清四郎のことを思い詰めて考えぬほうがよい。たまたま似ていただけだ」

「はい。では、失礼します」

「うむ」

栄次郎は挨拶をして立ち上がった。

自分の部屋に戻り、栄次郎はため息をついた。やはりおゆうのことが心の奥でわだかまりとなっているのだ。文兵衛からも兄からも指摘された。心の問題が色に出てしまう己のふがいなさに、栄次郎は忸怩《じくじ》たる思いだった。

おゆうの存在が心の中で大きく占められていたことに改めて気づかされた思いだった。

その夜、栄次郎は高樹清四郎のことやおゆうのことなど、さまざまな思いが入り乱れて目が冴えて、なかなか寝つけなかった。

二

翌日、栄次郎は本町三丁目にある『備中屋』を訪れた。

大八車が横付けになって荷物を運び入れている。栄次郎は店に入り、番頭ふうの男に声をかけた。

「ご主人にお会いしたいのですが」

「どんな御用でございましょうか」

「ちょっとお尋ねしたいことがありまして」

「お約束でも？」

「いえ」

「申し訳ありません。主人はお約束がないとお会いしないことになっております」

「そうですか」

「もし、お会いになりたいのであれば、店のほうに顔を出したときに声をかけたらよいかと思います。もう、そろそろ出て来ると思います」

番頭は親切に言う。

「わかりました。そうさせていただきます」

栄次郎は土間の隅《すみ》に立った。

職人体《てい》の男や武家の内儀ふうの女、宗匠頭巾《そうしょうずきん》をかぶった俳諧師《はいかいし》らしい客が店の座敷で紙を見ていた。

奥の長い暖簾《のれん》をかきわけ、昨夜の男が出て来た。『備中屋』の主人だ。

備中屋は帳場格子に座っている男に声をかけている。帳面を見ているようだ。

帳場格子から離れかけたとき、栄次郎は近付いて行き、

「備中屋さん」

と、声をかけた。

備中屋は脂ぎった顔を向けた。大きな目で見つめ、

「あなたさまは？」

と、警戒ぎみにきいた。

「私は矢内栄次郎と申します。じつは昨夜、薬研堀の『久もと』でお見かけいたしました。少しお話をお伺いしたいのですが」

「どんなお話でございましょうか」

　そう言ったあと、備中屋はふと何を思ったか、

「ちょっとお待ちください」

　と、長暖簾の奥に消えた。

　ほどなく戻ってきて、

「今はゆっくり時間がとれません。暮六つ（午後六時）ごろ、薬研堀の元柳橋の袂でお待ちいただけませんか」

　と、言った。

「薬研堀ですか」

「ええ。『久もと』に用がありますので」

「わかりました。では、暮六つに元柳橋の袂でお待ちしています」

　栄次郎は不審を覚えながら『備中屋』を出た。

　いきなり奥に引っ込んだ備中屋の態度が解《げ》せなかった。何かあると思った。栄次郎は本町通りの賑わいに紛《まぎ》れ、途中から引き返し、『備中屋』の店先が見通せる斜向《はす》かいの路地に身を隠した。

　やがて、三十半ばぐらいの武士が出て来た。店にはいなかったから客間にいたのだろうか。

栄次郎はその武士のあとをつけた。

武士は本町通りから日本橋《にほんばし》の大通りに出て須田町《すだちょう》のほうに向かった。人通りは多く、武士の姿は通行人の陰に見え隠れしている。

須田町から八辻ヶ原《やつじがはら》を突っ切り、筋違御門《すじかいごもん》をくぐって下谷御成道《おなりみち》に入る。武士はまったく背後に注意を向けなかった。

下谷広小路から池之端仲町を経て、備中水沢家の中屋敷に向かった。やはり、備中屋と水沢家はつながっていた。

武士が中屋敷に消えてから、栄次郎はその場を離れた。

夕方までお秋の家で過ごし、日没前に薬研堀の元柳橋に着いた。西の空にまだ明るさは残っている。

備中屋と水沢家がつながっているのがわかった。高樹清四郎が『久もと』の門の脇にいたのは、やはり備中屋を見張っていたのであろう。

昨夜、『久もと』で備中屋が会っていた武士は的場伊右衛門かもしれない。栄次郎は清四郎が何のために何をしようとしているのか、そのことを考えながら、備中屋を待った。

辺りは暗くなり、暮六つの鐘が鳴りだした。橋を何人も通っていったが、まだ備中屋は現れなかった。

ふと浪人が近付いてきた。大柄な男だ。栄次郎の前に立ち止まって、

「向こうで備中屋が待っている」

と、言った。

この浪人、昨夜、備中屋の駕籠を護衛していた侍だと思った。

「案内してください」

「よし」

栄次郎は浪人について薬研堀埋立地に向かった。

すると、背後にひとの気配がした。殺気を感じる。

「どこまで行くつもりですか」

栄次郎は前を行く浪人に声をかけた。

「すぐそこだ」

そう言うや否や、浪人が振り向きざまに剣を抜いて襲ってきた。

栄次郎は横っ飛びに避けた。

背後にいた浪人が斬りかかってきた。栄次郎は抜刀し、相手の剣を弾いた。相手は

すぐに再度襲ってきた。

栄次郎はまた剣を弾き、

「なぜ、私を襲うのだ」

と、問い詰める。

「備中屋の差し金か」

「覚悟」

大柄な浪人が斬り込んだ。栄次郎も踏み込み、相手の剣を鎬《しのぎ》で受け、鍔《つば》迫《ぜ》り合いになって、さっと離れた。

「矢内栄次郎としてか。それとも」

「問答無用」

もうひとりの浪人が脇構えで突進してきた。

栄次郎は迎え撃ち、相手の剣を掬《すく》いあげるようにして弾いた。

「やめるのだ」

栄次郎は正眼に構えて、

「備中屋に言うのだ。私は高樹清四郎ではないと」

「黙れ」

大柄な浪人が上段から斬り込んできた。栄次郎は素早く相手の懐《ふところ》に飛び込んで、刀の峰《みね》を返し、脾腹《ひばら》に打ちつけた。

鈍い音がして、大柄な浪人は数歩先に行ってくずおれた。

栄次郎はもうひとりの浪人に向かい、

「備中屋はどこだ？」

と、きく。

「そなたに関係ない」

「よいか。もしひと違いなら、そなたたちは備中屋から離れていいのか」

「なに」

「私は矢内栄次郎。そなたたちは高樹清四郎だと思っているのではないか」

「待て」

大柄な浪人が脾腹を押さえながら立ち上がった。

「高樹清四郎ではないのか」

「違う。私は高樹清四郎に間違われて襲われたことがある」

「…………」

「備中屋はどこだ？」

栄次郎はもう一度きく。

「店にいるならよいが、出かけているなら心配だ」

「妾のところだ」

「妾？」

「今戸《いまど》だ」

「心配だ。駆けつけたほうがよい」

浪人は顔を見合せたが、

「まさか、俺たちを騙して備中屋の居場所を……」

「違う」

栄次郎は大声を出し、

「さあ、そこに案内するのだ」

と、急《せ》かした。

ふたりは迷っている。

「まだわからないのか」

また、ふたりは顔を見合わせた。

「わかった」

浪人は刀を引いた。

「案内する」

浪人ふたりは先に立った。

「よし」

栄次郎も刀を鞘に納め、あとに続いた。

浅草御門をくぐって蔵前から今戸に向かって走った。駒形《こまがた》から花川戸《はなかわど》を駆け抜け、今戸橋を渡った。

大川沿いを行くと、前方に人だかりがしていた。

「まさか」

大柄な浪人が叫んだ。

栄次郎も人だかりに向かって駆けた。

「ごめん」

大柄な浪人が人だかりを割って入った。栄次郎もあとに従う。

瀟洒《しょうしゃ》な格子戸の家に町方の人間が出入りしていた。

浪人が家に入ろうとすると、

「お侍さん。困りますぜ」

と、中から年配の岡っ引きが出て来て言う。

「何があったのだ？」

「この家の妾の旦那が殺されたんですよ」

「備中屋か」

「へえ、そうです。お侍さんは？」

「備中屋の用心棒だ。旦那に会わせてもらいたい」

「そいつはまだ」

そこに中から政吉が出て来た。

「政吉親分」

栄次郎は声をかけた。

「矢内さま」

「備中屋が殺されたそうですね」

「ええ」

「左の頸《くび》から胸にかけて斬られていませんか」

「そうです。例の侍が斬られたのと同じ傷です。矢内さん、どうしてそれを？」

「詳しい話はあとでします。ちょっと亡骸《なきがら》を見せていただけませんか」

「いいでしょう」

政吉は年配の岡っ引きに栄次郎のことを話してから、

「どうぞ」

と、浪人たちもいっしょに部屋へ案内した。

奥の部屋に行くと、備中屋が頸から血を流して仰向けに倒れていた。やはり、同じ傷だと思ったが、心ノ臓も突き刺した跡があった。止《とど》めを刺したのだろうか。

「備中屋……」

大柄な浪人が呻くように、

「守ってやれなかった」

「妾は？」

もうひとりの浪人がきいた。

「隣りにいます」

ふと思いついて、栄次郎は隣りの部屋に行った。
二十四、五歳の女がうずくまっていた。
気配に顔を向けた妾は、栄次郎を見て不審そうな顔をした。

「賊の顔を見ましたか」

「黒い布で顔を隠していました」

うりざね顔の妾は怯えたように答える。

「賊は備中屋さんを斬るとき、何か言っていましたか」

「悪党め、と」

「悪党……」

栄次郎は呟き、

「その他には？」

「わかりません。私は怖くて……」

「備中屋は何か言い返していましたか」

「さあ」

まだ、妾は興奮している。落ち着いてから話をきいたほうがよさそうだった。

「親分、黒い布を持っていませんか」

「黒い布ですかえ。いえ」

政吉が言うと、年配の岡っ引きが、

「これでいいか」

と、差し出した。

「すみません。お借りします」

栄次郎は黒い布を借り、

「賊はこんな顔ではありませんでしたか」

と妾に声をかけ、布を頭からかぶった。

その瞬間、妾はあっと声を上げた。

「すみません。驚かせて」

栄次郎はあわてて詫びて、

「賊はこんな顔だったのですね」

と、きいた。

「そうです。見えていた顔の部分はそっくりでした。あっ、ただ口の横に小さな黒子《ほくろ》がありました」

「黒子ですか」

そこは貴重な指摘だった。どんなに似ていても識別出来るところがあるのだ。

「矢内さん。やはり、不忍池の辺と切通しの殺しと同じ下手人《げしゅにん》ですか」

政吉が困惑した表情できいた。

「間違いないでしょう。頸の傷も同じ、そして私に似た相手です」

栄次郎は言い切る。

「奉行所としては関わらないようにしていましたが、備中屋が殺されたとなると、そうもいかなくなりますね」

政吉は渋い顔をした。

「水沢家にきいても正直に話してくれるかわかりませんが、話を聞かせてもらうように申し入れなければなりませんね」

栄次郎はそう言ったが、水沢家がどこまで正直に話してくれるかわからないと思った。

「お侍さんたちは備中屋とどういうつながりで？」

政吉は浪人にきいた。

「口入れ屋から世話をしてもらった用心棒だ。役目を果たせなかった……」

悔しそうに、大柄な浪人は言う。

「備中屋はなぜ狙われているか口にしていませんでしたか」

「逆恨みで狙われていると言っていた」

「逆恨みですか」

「そうだ。それ以上の詳しいことは話してくれなかった」

「相手については？」

「それも言わなかった。ただ、かなり腕が立つとだけ」

「名前は聞いていたんですね」

「さよう。高樹清四郎だと言っていた」

「備中屋は私を高樹清四郎だと思い込んでいたのですね」

「そうだ。昼間、高樹清四郎が大胆にも店に顔を出した。元柳橋で暮六つに会う約束をしたから、そこで始末してくれと。まさか、ひと違いだったとは、備中屋は運がなかったのだろう」

大柄な浪人は哀れむように言う。

「政吉親分。明日、浅草黒船町の家に来ていただけますか」

「わかりました」

同心が駆けつける前に、栄次郎たちは妾の家を離れた。

外に出てから、

「的場伊右衛門さまという直参をご存じですか」

「うむ、昨夜、『久もと』で会った相手だ」

やはり、昨夜は備中屋は的場伊右衛門と会っていたのだ。

「的場伊右衛門さまは先に引き上げたのですか」

「そうだ、先に引き上げた」

「的場伊右衛門さまに用心棒はいましたか」

「三人いた」

屋敷内に三人の浪人を住まわせていると言うが、外出時にはついて行っているようだ。

「では、昨夜は的場伊右衛門さまの用心棒といっしょに待っていたのですね」

「そうだ」

「向こうの用心棒は何か言ってましたか」

「高樹清四郎というたったひとりの男を相手に俺たち三人も必要ない、用心深い主人だと言ってました」

「やはり、高樹清四郎だと気づいていたのですね」

「そうだ」

もはや、間違いない。高樹清四郎は備中屋と的場伊右衛門、そして水沢家の誰かを討とうとしていたのだ。

つまり、高樹清四郎自身が刺客なのだ。その刺客を倒すべく追手が遣わされている。

清四郎はまず備中屋を斬った。だが、わけはわからない。高樹清四郎は国元の藩士であろう。それが、江戸の商家の備中屋にどんな遺恨があったというのか。

「備中屋は吉原には行きましたか」

「吉原にはついて行ったことはない」

「そうですか」

高樹清四郎が吉原に行ったのは備中屋をつけて行ったというわけではないようだった。

吾妻橋《あづまばし》の袂までやって来て、栄次郎は浪人と別れた。結局、名を聞かず仕舞いだった。もう会うこともあるまいと、栄次郎は思った。

三

翌朝、栄次郎は本町三丁目の『備中屋』に弔問に行った。

備中屋は逆さ屏風に北枕で寝かされ、線香の煙がまっすぐ上がっていた。栄次郎は亡骸の前から離れて、内儀に挨拶をした。

「このたびはとんだことで……」

妾の家で殺されたことで、内儀は複雑な表情をしていた。三十七、八歳だそうだが、心労のせいかもう少し老けてみえた。

「ありがとうございます」

内儀は弱々しい声で答えた。

「少しお尋ねしたいのですが、備中屋さんは備中水沢家には出入りをなさっていらっしゃるのですか」

「いえ」

「でも、きのう水沢家のお侍がいらっしゃっていたようですが」

「あの御方は中屋敷から来られています。私どもは上屋敷への出入りはまだ許されていません」

「そうなんですか」

「上屋敷には『高梁屋《たかはしや》』さんが出入りをしていて、私どもの入る余地はありません。うちのひとはなんとか水沢家に食い込もうといろいろ動きまわっていたようですが」

「動きまわる？　たとえば、どんなことなんでしょうか」

「今の殿様には食い込めないので、そのあとに目を見据えていました」

「次の藩主？」

「はい。忠常君の歓心を買おうとして動きまわっていました。せっかく、ここまで来たというのに……」

「忠常君とはかなり親しいのですか」

想像を口にした。

「はい。信頼は相当厚いようです。忠常君が藩主になったときには『高梁屋』と立場が逆になるはずだと自慢げに話していました」

「直参の的場伊右衛門さまとも親しくなさっておられましたね」

「はい。的場さまの妹君が殿様のご側室なのです。うちのひとは、そのご側室を通じて『備中屋』を殿様に売り込もうとしていました。でも、このほうはあまりよい結果は得られそうもなかったようです」

「でも、的場伊右衛門さまとのつきあいは続いていらっしゃったのですね」

「はい」

「お子さまは?」

「倅がおります」

「そうですか。お店のほうはだいじょうぶですね」

「はい、倅が立派にあとを継いでくれるはずです。でも、まだ若いので、うちのひとのようなわけには行きません。これで水沢家に食い込む話は立ち消えになると思います」

「『備中屋』さんにとって、水沢家に入り込むことは念願なのですか」

「うちのひとの念願なんです。祖父が備中の出なので、水沢家の御用達《ごようたし》になることが念願だったのです」

「そうだったのですか」

備中屋はその念願を叶えるために、中屋敷にいる忠常に近付いたのだ。

そんな備中屋を、どうして高樹清四郎が襲ったのだろうか。

「高樹清四郎という名を聞いたことはありませんか」

「高樹清四郎ですか、いえ」

新たな弔問客が内儀に挨拶にきた。

栄次郎は内儀に頭を下げて引き上げた。

『備中屋』を出て、本町通りを横山町方面に向かう。今になって後悔するのは、昨夜備中屋が元柳橋で会うと言ったとき、疑うべきだった。

中屋敷から来ていた侍が奥から栄次郎を見て、高樹清四郎だと思い込んで備中屋に知らせたのだ。

備中屋にしたら、高樹清四郎は元柳橋で用心棒と対峙《たいじ》をしている。だから、安全だと思って今戸の妾のところに単身で出かけたのだ。

あまく見ていたようだ。高樹清四郎は『備中屋』を見張っていて、あとをつけた。すると、途中から用心棒と別れた。好機到来と思ったことだろう。


夕方近くになって、政吉がお秋の家にやって来た。

二階の部屋で差し向かいになった。

「昨夜のことを、もう一度詳しく話していただけますか」

栄次郎はまず政吉に言った。

「ようがす」

政吉は頷き、

「妾の話だと、備中屋がやって来たのが暮六つ（午後六時）を過ぎた頃で、居間に落ち着いてしばらくしていきなり黒い布で顔を隠した侍が部屋に現れたということです。

備中屋は驚愕していたようです。相手は有無を言わさず斬りつけたそうです」

「何も言わずに？」

「ええ」

栄次郎は信じがたかった。

備中屋をなんらかの目的があって殺したのだ。恨みがあれば、そのことを口にするはずだ。何も言わずに斬りつけたことが腑に落ちなかった。

「自身番には妾が知らせに行ったのですか」

「そうです。でも、賊の侍から、俺が逃げたあと四半刻（三十分）じっとしていろと脅され、そのようにしたそうです。ですから、自身番の番人からきいてこの界隈を縄張りとしている岡っ引きが駆けつけたときには、すでに賊は遠くに逃げたあとだったようです」

「そうですか」

「矢内さまは、どうしてあの現場に？」

政吉がきいた。

「昨夜、薬研堀にある『久もと』という料理屋で、備中屋を見かけたのです。その屋号から備中の出かと思ったのです。だとしたら、備中水沢家に出入りをしているのではないかと思い、きょう本町三丁目にある『備中屋』を訪ねたのです」

栄次郎は間を置いて、

「そしたら、備中屋は私を賊と勘違いしたらしく、暮六つに元柳橋で会うと言いだしたのです。そのとおりにしたら、現れたのが用心棒の浪人ふたり。私に斬りつけてきたので、わけをきいたらやはり私を賊と間違えていたことがわかりました。備中屋は妾のところに行ったと聞き、胸騒ぎがして今戸に駆けつけたというわけです」

「そうでしたか」

「私に似た賊は高樹清四郎という名です。おそらく、備中の国元にいる藩士だったのでしょう」

「国元にいる藩士がどうして備中屋を襲ったのでしょうか」

「わかりませんが、高樹清四郎が狙う相手は中屋敷にもいます。備中の国元で何があったのか……。奉行所で質問しても答えてくれないでしょう。第一、中屋敷の者はほとんど国元で起こったことを知らないかもしれません」

「備中屋が殺されたのも、やはり水沢家の内紛の影響のようですね」

政吉が厳しい表情で言う。

「そうでしょうね」

「また、奉行所は腰が引けそうですね」

「確かに探索は思うようにいかないでしょう」

事件の鍵は水沢家にある。そこで起こった内紛に踏み込まなければ真相は摑めない。

だが、奉行所は手出しが出来ない。

「政吉親分、奉行所の姿勢がわかったら教えてください」

「わかりやした。でも、今聞いたような話をしたら、同心の旦那も腰が引けそうです。下手《へた》をしたら、備中屋殺しは押込みの仕業ということで片づけられそうですぜ」

政吉は口許を歪めた。

「仕方ありません。そういう世の中の仕組みですから。でも、あえて不利でも、そこに斬り込む勇気を持ちたいと思っています」

自分ひとりでも大きな闇に向かって行くと、栄次郎は覚悟を口にしたのだ。

「矢内さまのお言葉、同心の旦那にも聞かせたいですぜ」

「私は自由の身ですから出来るのです」

「いえ、人柄の違いでしょう。では、また寄せてもらいます」

政吉が引き上げたあと、栄次郎は窓辺に立ち、障子を開けて冷たい風を入れた。大川は波が高く、寒々としていた。

奉行所は政吉が言うように、何も出来ないだろう。水沢家に事情をきいてもほんとうのことを話すとは思えない。

備中屋の内儀から聞いた話では、備中屋は水沢家の御用達になるために次期藩主の忠常に近付いていたという。

　そこから見えてくるのは、『高梁屋』と『備中屋』の確執だ。そこに事件の背景があるのではないか。

　高樹清四郎が備中屋を殺す理由は思いつかない。だとすれば、清四郎は備中屋を殺すように命じられた刺客とも考えられる。

　だが、奉行所は備中屋殺しを強盗の仕業ということでけりをつけるしかないだろう。御厩河岸の渡し船が大きく揺れながら大川を横断していく。これ以上、波が高くなれば渡しは中止になるかもしれない。

　栄次郎がこの件に首を突っ込むのは、高樹清四郎が気になるからだ。清四郎が双子の兄弟かもしれないという疑いが完全に払拭《ふっしょく》されたわけではない。

　清四郎の殺しはまだまだ続くはずだ。中屋敷の誰に刃を向けようとしているのか。備中屋とのつながりでいえば世嗣の忠常だ。

　清四郎はこれからは忠常の暗殺に向かうのだろうか。それと、的場伊右衛門だ。的場伊右衛門も清四郎に警戒を固めているようだ。

　なんとか新八に会いたいと思った。

「栄次郎さん」

襖が開いて、お秋が顔を出した。

「音吉さんがいらっしゃってますけど」

「音吉さんですって」

栄次郎は窓辺から離れ、

「すみません。ここに通してくれますか」

「わかりました」

お秋が階下に向かい、入れ代わって音吉がやって来た。

「失礼します」

「音吉さん、どうぞ」

「へえ、失礼します」

音吉は向かい合って座ってから、

「栄次郎さん、昨夜、また栄次郎さんに似た侍を見かけました」

「昨夜？」

「ええ、五つ（午後八時）頃です。昨夜は京町《きょうまち》一丁目の通りにいました。春蝶師匠が、誰かをお探しですかと声をかけたんです。そしたら、首を横に振ってそのまま仲の町通りのほうに去って行ってしまいました。春蝶師匠が、あの侍は女を探しているに違いないと言ってました」

「女を探して……」

「知り合いの女が妓楼にいるのではないでしょうか」

「そうですか」

ますます高樹清四郎の動きは妙だ。刺客として送り込まれただけではないのか。

「その男の顔を見ましたか」

「見ました。栄次郎さんによく似ていました。こうして栄次郎さんにお会いすると、少し違うのですが、あの侍を見たときは栄次郎さんかと思いました」

「その男の顔に黒子はありましたか」

「黒子ですかえ」

音松は首を傾げたが、

「あっ、ありました。確か、口の横に小さな黒子があったようです」

音吉は自分の口の横を指さした。

「そうですか」

今戸の妾宅で備中屋を殺し、それから吉原に足を向けたようだ。

探しているのはどのような関わりの女なのだろうか。

「栄次郎さん。あっしはこれで」

音吉は立ち上がった。

「わざわざすみませんでした。春蝶さんによろしく」

「へい」

栄次郎は音吉を階下まで見送った。

お秋が近寄って来て、

「栄次郎さん、何かあったのですか」

と、心配そうな顔できいた。

「いえ、なんでもありません」

「ほんとうに?」

疑い深そうに、お秋が見る。

「ええ、なんでもありません」

「でも、近頃、頻繁にひとが訪ねてくるじゃありませんか。特に、岡っ引きが……」

「ちょっと手を貸していることがあるのですが、たいしたことではありません」

「そうですか。あまり、危ないことに近付かないでくださいね」

「だいじょうぶですよ」

「きょうは夕餉、いっしょにしましょうよ」

「崎田さまは？」

「さっき知らせがあって、急用が出来てこられなくなったと」

「急用？　珍しいですね」

「ええ」

備中屋が殺された件と何か関わりがあるのかと、栄次郎は思ったが、そんなに早く進展があるはずないと思いなおした。

夕餉をとって本郷の屋敷に帰った栄次郎は、すでに帰宅していた兄の部屋に行った。

「兄上、よろしいでしょうか」

「入れ」

「失礼します」

栄次郎は部屋に入った。

兄は文机の前から立ち上がった。

「何かあったのか」

向かいに座って、兄は口を開いた。

「はい。昨夜、紙問屋『備中屋』の主人が高樹清四郎に殺されました」

「なに、備中屋が？」

「はい。備中屋は水沢家の御用達になるために世嗣の忠常君に近付いていたそうです。また、備中屋は的場伊右衛門とも深いつながりがあるようです」

栄次郎は想像だがと断ってから、

「おそらく、備中屋は水沢家の御用達になるためにいろいろ画策をしており、的場伊右衛門さまともそのことがあって親しくしていた。ところが、備中屋の進出を快く思わない者が高樹清四郎に暗殺を命じたのではないかと思われます。次の狙いは、的場さま」

「…………」

兄の顔色が変わった。

「兄上。一度、新八さんに会わせていただけませんか」

「新八には高樹清四郎のことは告げてあったが……」

兄は頷き、

「新八は夜五つ頃、近くに出る夜鳴きそば屋に食いに出る。そばを食いながら話す」

「そうですか。わかりました。明日にでも、行ってみます」

「うむ」

兄は頷いてから、

「それにしても、的場伊右衛門どのの件が、栄次郎が追っている件と結びついていたなんて、妙な因縁だ」

「まことにそう思います。でも、新八さんがもぐり込んでくれているおかげで、だいぶ助かります」

「そうよな」

兄は浮かべた笑みをすぐ引っ込め、

「わしが調べたところによると、的場伊右衛門どのは剣のほうでもかなりの腕のようだ。通っていた剣術道場でも師範代の腕前だそうだ。ただ、剣の腕だけでは出世が出来ないので、学問吟味を受けて勘定方についたという」

「そうですか。文武両道に優れた御方のようですね」

「いや、なかなかの野心家らしい。美しい妹を水沢家の藩主の側室にしたのも、藩主の忠則が老中のひとりと親しい間柄だと言われているかららしい。その辺りの計算もあったのだろう」

「腕に自信がありながら、さらに浪人を三人も雇っているというのは、ずいぶん用心深いのかもしれませんね」

「あるいは、それだけ高樹清四郎の腕を恐れているのかもしれぬ」

「そうですね」

「ところで、敵は高樹清四郎ひとりか」

「そのようです」

「この江戸で、どこに住んでいるのだろうか」

「知り合いがいるとは思えませんが、どうも陰で手助けをしている者がいるように思えてなりません。かなり、自由に出歩いているようです」

「そうよな」

「兄上、その後、母上からの嫁取りの話は？」

「幸いなことに、今のところない。よほど、前回の話が堪《こた》えたようだ」

一千石の旗本の娘との話が進み、母は大乗り気になっていた。ところが、その娘はこの屋敷にやって来て早々、小さくて汚いお屋敷と呟いた。花嫁道具を入れたら住む部屋がないとか言い、不機嫌そうに早々《はやばや》と引き上げた。母も呆れ返って、あんな我が儘な娘は願い下げだといきり立ったのだ。

「母上も、少し懲りたのではないか」

兄は苦笑した。

「そうでしょうか。母上はそんなことでめげるような御方とは思えませんが」

「そうよな。いずれ、またわしとそなたに新しい話を持ち出してこよう」

しばらくその話で盛り上がってから、栄次郎は自分の部屋に引き上げた。

ふとんに入ってから、高樹清四郎がどこに寝泊まりをしているのか気になった。やはり、清四郎に支援者がいるのかもしれないと思った。

四

翌日の夜五つ（午後八時）前、栄次郎は牛込《うしごめ》の的場伊右衛門の屋敷の近くに来ていた。やはり、少し離れた場所に、夜鳴きそば屋の屋台が出ていて、暗がりに明かりが灯っていた。

栄次郎は夜鳴きそば屋の屋台に近付く下男ふうの男を見て、暗がりから出た。男は栄次郎に気づいて、軽く会釈をした。新八だ。

新八が屋台に着いて、かけそばを頼んだ。栄次郎も遅れて亭主にそばを頼む。先に新八が丼《どんぶり》と箸《はし》を持ち、すぐそばにある樹のところでそばを食べはじめた。

栄次郎も丼を受け取ると、樹の反対側に行った。

「今夜は的場さまは？」

「もうお帰りです」

「紙問屋『備中屋』の主人と的場さまは親しい間柄です。一昨日、備中屋が殺されました。次は、的場さまかもしれません。斬ったのは高樹清四郎です」

「それでですか。きのうから屋敷の中がぴりぴりしています」

そばを食いながら、新八は話す。

「用心棒の浪人はどこか口入れ屋からの世話ですか」

栄次郎は樹をはさんで背中合わせの新八にきく。

「的場さまが以前に通ってらした剣術道場の門弟だそうです」

「どこだかわかりますか」

「神楽坂《かぐらざか》にある小野派《おのは》一刀流《いっとうりゅう》の細田剛太夫《ほそだごうだゆう》剣術道場です。三人とも腕は立つようです」

「名前は？」

「三十半ばの会田勘十郎《あいだかんじゅうろう》、あとのふたりは共に三十歳ぐらいで、ひとりが溝口《みぞぐち》、もうひとりは河田《かわだ》と呼ばれていました」

「会田勘十郎、溝口、河田ですね」

他の屋敷の奉公人が屋台に近付いた。

「高樹清四郎は私に姿形がそっくりですが、口の横に小さな黒子があるそうです」

「わかりました」

新八は丼の汁を飲み干して屋台に行き、

「とっつあん、ご馳走さん」

と、亭主に声をかけた。

「へい、毎度あり」

亭主が声を返す。

栄次郎も汁まで飲み干して、丼を返す。

屋台を離れ、的場伊右衛門の屋敷の前を過ぎ、神楽坂に向かった。毘沙門天《びしゃもんてん》の前に差しかかったとき、ふいに境内に隠れたひと影があった。

はっとして、栄次郎は境内に足を踏み入れた。本堂の裏手のほうに向かう。だが、ひと影はなかった。

ただ、裏木戸の扉が微《かす》かに開いていた。そこから出て行ったようだ。栄次郎も扉の外に出た。

空き地の向こうに町家が広がり、左手には武家屋敷の塀が続いていた。

ふと、空き地の暗がりに黒い影が立っているのに気づいた。じっとこっちを見ているようだ。

「高樹清四郎どのか」

栄次郎は暗がりに向かって呼びかけた。

だが、返事はない。ひと影が高樹清四郎かどうか、確かめようはなかった。だが、清四郎に間違いないと思った。

「私は矢内栄次郎だ。そなたに間違われて襲われたこともあった」

栄次郎は一歩踏み込む。すると、黒い影が一歩下がるのがわかった。

「なぜ、備中屋を殺したのだ?」

やはり、返事はない。

「今度は的場伊右衛門さまか。そして、水沢忠常君……」

黒い影はすっと消えた。栄次郎はその場に駆けつけたが、黒い影はどこにもなかった。

栄次郎はそのまま本郷に引き上げた。

翌日の夕方、お秋の家に政吉がやって来た。

「矢内さま、妙なことになりました」

差し向かいになるなり、政吉が切り出した。

「奉行所に、一連の殺しの件で水沢家の中屋敷から用人がやって来たそうです」

「ほんとうですか」

栄次郎にも意外だった。

「ええ。そこで、一連の殺しは高樹清四郎の名を騙《かた》っている坂木一蔵《さかきいちぞう》だと話されたそうです」

「坂木一蔵?」

「坂木一蔵は下級武士で、高樹清四郎の妹に懸想《けそう》したものの冷たくされ、かっとなって、清四郎とふた親、妹を殺して国元から逐電《ちくでん》したそうです」

「まさか、そのようなことが……」

栄次郎は耳を疑った。

「藩主が出府で留守のときに国元で事件が起きた。藩主の耳に入る前に、坂木一蔵を始末しようとしたが、備中屋まで斬られた上は奉行所と手を組んで、殺人鬼の坂木一蔵を始末したいと、話したようです」

「備中屋が殺されたわけは何か」

「備中屋を殺した理由はわからないが、乱心のせいではないかと用人は言っていたそうです」

「乱心？」

「はい」

「乱心とは思えません」

栄次郎は信じかねた。

「ともかく、南北の奉行所を挙げて坂木一蔵を捕らえるということになりました」

「そうですか」

水沢家の言い分だけを聞いて物事の正邪を決めることは出来ない。湯島切通しで待ち伏せていた饅頭笠の侍は、栄次郎に向かって高樹清四郎と口にしたのだ。そのことからしても、坂木一蔵が高樹清四郎を騙《かた》っているというのは解せない。

「私はその用人の話を素直に信じることは出来ません」

「あっしもなんとなく腑に落ちないんですが……」

「いずれにしろ、坂木一蔵を捕まえれば言い分が聞けます。ともかく、坂木一蔵を捕まえることですね」

「へえ」

「で、奉行所としてはどういう探索を？」

「用人の話では、坂木一蔵は今まで出府したことはなく、江戸に知り合いはいないそうです。ですから、潜伏場所も限られているはずだと。旅籠や各町の自身番に問い合わせて町内によそ者が住んでいないかを調べるということです」

「江戸に来たことはないのですか」

そうだとすると、支援者はいないとみていい。

「おそらくひとりぼっちだろうと」

「そうですか」

「じゃあ、あっしはこれで」

政吉は腰を浮かせた。

「政吉親分」

栄次郎は呼び止めた。

「お願いがあるのですが」

「なんでしょう」

「神楽坂に小野派一刀流の細田剛太夫剣術道場があるそうです。そこの三人の門弟が、用心棒として勘定組頭の的場伊右衛門さまの屋敷に入り込んでいるのです。名は会田勘十郎、溝口、河田。この三人について調べていただけませんか。どんなことでも」

「何か疑いが？」

「念のために調べておきたいのです」

「わかりました。わかり次第、お知らせします」

そう言い、政吉は立ち上がった。

真実は何かわからないが、何かが動き出したことは間違いない。


夜に崎田孫兵衛がやって来た。

栄次郎は孫兵衛が居間に落ち着くのを待って、

「崎田さま」

と、声をかけた。

「なんだ？」

「備中水沢家の用人どのが奉行所にやって来たそうですね」

「耳が早いな」

孫兵衛は苦い顔をした。

「坂木一蔵という男が、高樹清四郎の妹に懸想したものの冷たくされ、かっとなって、清四郎とふた親、妹を殺して国元から逐電したそうですが」

「うむ。そうらしい」

「その話、裏付けがとれているのでしょうか」

「裏付け？」

「水沢家の用人どのの一方的な話でしかありませんね」

「用人どのが偽りを述べているというのか」

「はい」

「ばかな。なぜ、そう思うのだ？」

「殺された備中屋は水沢家の世嗣忠常君に近付いていたそうです。忠常君が藩主になった暁には御用達になるという自信を持っていたようです。そのことを、用人どのはお話ししていたのでしょうか」

「いや」

「では、備中屋が殺されたわけを何と？」

「坂木一蔵は江戸に知り合いはなく、金を手に入れるために押し込んだのではないかと言っていた」

「それを信じているのですか」

「信じざるを得まい」

孫兵衛は苦しそうに言う。

「なぜでございますか」

「我らは大名家での出来事を調べることは出来ぬのだ。相手が言うことをそのまま受け止めるしかない」

「備中屋を斬り、以前に水沢家の家来を斬ったのは高樹清四郎です。坂木一蔵ではありません」

「どうして、そう言い切れるのだ？」

「湯島切通しで私は待ち伏せていた武士に襲われました。中のひとりが、私に対して高樹清四郎ではないのかとききました。あの者たちは敵が高樹清四郎だと思っていたのです」

「坂木一蔵がそう名乗っていたからではないのか」

「いえ、あの者たちは国元からの追手のはず。だったら、坂木一蔵だと知っているはずではありませんか」

「…………」

「最初、水沢家は高樹清四郎を秘密裏に暗殺しようしたのです。ところが備中屋が殺され、奉行所も本格的に首を突っ込まざるを得なくなった。そこで止むなく、方向を変えたのです。高樹清四郎を奉行所に見つけてもらおうとしたのです。でも、なんらかの事情があって、高樹清四郎の名を出せない。だから、坂木一蔵の名を出したのです」

「そなたの理屈だ」

孫兵衛は不快そうな顔をした。

「もし、坂木一蔵を捕まえたとして、当人が自分は高樹清四郎だと名乗ったらどうするつもりですか」

「捕まえたら、いちおう水沢家に引き渡すことになろう」

「それはいけません」

栄次郎は否定した。

「それでは水沢家の言いなりではありませんか。まるで、奉行所は水沢家の家来のようではありませんか」

「言い過ぎだ」

孫兵衛は憤然とした。

「いえ。言わせていただきます。水沢家の用人の言い分を一方的に聞き、それに従うのは家来としかいいようがありません」

「言わしておけば」

孫兵衛が立ち上がった。

「旦那」

あわてて、お秋が止めに入った。

「栄次郎さんもやめて」

「お秋さん。崎田さまはこのように情けない御方だったのですか。江戸の町人が殺されたというのに自分で探索をしようせず、水沢家の言いなりになって……」

「きさま」

孫兵衛は握った拳を震わせ、顔を真っ赤にしている。

「失礼します」

栄次郎は部屋を飛び出した。

土間を出ると、お秋が追ってきた。

「栄次郎さん」

お秋が泣きそうな声を出した。

「お秋さん、心配いりませんよ。崎田さまの怒りはすぐ収まりますよ」

「…………」

「崎田さまのあの怒りはご自分に対しての怒りだと思います。崎田さまも、釈然としないのです」

「栄次郎さんは本気で怒ったわけじゃないの？」

「崎田さまがあのようにお怒りになって、かえって安心しました。情けない御方だったと言ったのは撤回しますとお伝えください」

栄次郎はお秋を安心させる意味もあって言った。

「では」

栄次郎はお秋に見送られて本郷の屋敷に向かった。


四半刻（三十分）あまりのち、栄次郎は湯島切通しに差しかかった。坂を上がり、柳の木を過ぎてから水沢家の中屋敷のほうに曲がった。

待ち伏せの侍はいなかった。もう警戒の必要がないというのか。それとも、屋敷内で警戒しているのだろうか。

なぜ、はじめは外で待ち伏せていたのか。

中屋敷の塀に突き当たる。どこにも、高樹清四郎らしき影はなかった。

栄次郎は引き返した。切通しに戻り、坂の下に戻った。

それから不忍池のほうから水沢家の中屋敷のほうに向かった。前回、訪ねた辻番所に顔を出す。

先日の辻番が立っていた。

「先日はどうも」

栄次郎は馴れ馴れしく声をかける。

「そなたは……」

辻番の顔付きが変わった。前回と様子が違う。

奥から他の番人も出て来た。さらに、武士が数人集まってきて、栄次郎を取り囲んだ。刀の柄《つか》に手をかけ、今にも抜刀しようとしている。

「なんですか。この騒ぎは？」

栄次郎は侍たちを見回す。

「どうやら、ひと違いをなさっているようですね」

栄次郎は先頭にいる、いかめしい顔の武士に、

「私を誰だと思っているのですか」

と、一歩前に出てきく。

「坂木一蔵であろう」

「坂木一蔵？　高樹清四郎ではないのですか」

「なに」

いかめしい顔の武士は刀の柄に手をかけた。

「待て」

いきなり、鋭い声がかかった。

三十半ばぐらいの頬骨の突き出た痩身の武士が現れた。

「この者は似ているが別人だ」

「あなたは、いつぞやの饅頭笠の御方では？」

「さよう。矢内栄次郎どのであったな。我らは乱心者の坂木一蔵を警戒している。以後、この付近に近付かないでもらいたい」

「あなたは、確か最初は高樹清四郎だと？」

「違う。高樹清四郎を斬った坂木一蔵かと言いたかったのだ。坂木一蔵は高樹清四郎一家を惨殺して逐電したのだ。よいな、そなたは坂木一蔵に似ているゆえ、どんな間違いが生じるかもしれぬでな」

「しかし、私は切通しを使っています」

「この屋敷に近付かなければよい」

「高樹清四郎か坂木一蔵かわかりませんが、このお屋敷で何をしようとしているのですか。乱心した者が、なぜ襲ってくるとお考えなのですか」

「そなたに話す謂《い》われはない。引き上げていただこう」

「あなたさまのお名前を教えていただけませぬか」

「畑《はた》伊十郎《いじゆうろう》だ」

「わかりました。引き上げることにいたします」

栄次郎は侍たちに見送られて中屋敷を離れた。やはり、高樹清四郎を待ち構えているようだ。

なぜ、高樹清四郎を坂木一蔵と言い替える必要があったのか。そのあたりに、謎を解く手掛かりがありそうだった。

五

翌朝、栄次郎は木挽町《こびきちょう》にある紙問屋『高梁屋』を訪れた。

番頭に主人への面会を求めたとき、最初は一蹴されたが、備中水沢家の名を出すと、番頭の態度も変わった。

すぐ主人に取次ぎ、客間に通してくれた。

『高梁屋』の主人は中肉中背の温和な感じの四十ぐらいの男だった。

「矢内栄次郎と申します」

栄次郎は名乗ってから、

「先日、本町三丁目にある『備中屋』の主人が殺されました。ご存じでいらっしゃいますか」

「もちろんです。備中屋さんとは寄合で何度も顔を合わせていますからね」

「失礼ですが、高梁屋さんは備中水沢家の御用達でいらっしゃいますね」

「そうです」

「藩主の忠則公とは親しくお交わりなのですね」

「そうです」

「備中屋も、水沢家に食い込もうとしていたようですね」

「そうらしいですね」

高梁屋は眉根を寄せた。

「世嗣の忠常君と親しくなさっているようです」

「はい。私の耳に入っています。でも、忠則公には次の代になっても御用達を変えることはないと仰《おつしや》っていただいております」

「しかし、忠常君が藩主になったとき、忠常君は強引に備中屋に変えることは考えられませんか」

「それはないと信じていますが……」

高梁屋は当惑ぎみに答える。

「勘定組頭の的場伊右衛門さまの妹君が忠則公のご側室になっているそうですね」

「ええ」

「備中屋は的場伊右衛門さまにも近付いていました。こういう備中屋の動きをご存じでしたか」

「ほんとうですか」

高梁屋は顔色を変えた。

「側室から忠則公に『備中屋』のことを？」

「いえ、忠則公はご側室の意見に従うような御方ではありません。いくら備中屋さんが的場さまの妹君に働きかけようが無駄に思います。第一、備中屋さんが妹君に会う機会はめったにないはず。それに、私はそのご側室にも十分に礼を尽くしておりますゆえ」

「なるほど。備中屋が的場さまの妹君に取り入る隙はないということですね」

「矢内さま。今、水沢家で何が起きているのでしょうか。じつは、昨日上屋敷の御方が、国元で乱心した者がいて江戸にやって来ていると話していました。その乱心者が備中屋さんを殺したというのはどういうことなのか、私にもさっぱりわからないのです」

「その乱心者はどうやら的場伊右衛門さまともうひとり、忠常君を狙っているように思えるのです」

「なんと」

「高梁屋さん。高樹清四郎という名を聞いたことはありませんか」

「いえ」

「では、坂木一蔵は？」

「ありません」

高梁屋は首を横に振ってから、

「矢内さま。最前から伺っていますと、御用達の座を奪われないようにするために、私どもが備中屋さんを殺したように受け取られかねない状況のようですが」

「その心配はありません」

栄次郎は安心させるように、

「もしそれだったら、備中屋だけを殺せば足りるはずです。的場伊右衛門さまと忠常君を狙う必要はありません」

「…………」

「水沢家で何か起きているのです。高梁屋さん、お願いがあるのですが」

「なんでしょうか」

「上屋敷の御方に、それとなく国元で何があったのか、きき出していただけませぬか。「水沢家では、坂木一蔵が高樹清四郎一家を惨殺して江戸に逃げたと話しています。ししかし、そのような男が備中屋を殺しているのです。水沢家では金に困って押込みを働いた先が備中屋の妾の家だったと説明しているようですが、違います。以前より、備中屋を付け狙っていたのです。そのことは備中屋も予想し、用心棒を雇っていました」

「驚きました。矢内さまのお話は私が聞いているものとはまったく違います」

高梁屋は表情を曇らせた。

「どちらの話を信じたらいいか迷うかと思います。ですから、私の話を頭の隅に置いて、上屋敷のご家老さまか用人さまかに国元で何があったかをきき出してください。このままでは、真実が隠されたままになってしまいます」

「わかりました。どこまできけるかわかりませんが、きいてみましょう。矢内さまへの知らせはどのように？」

「浅草黒船町に秋さんという御方が住んでいます。南町の年番方与力崎田孫兵衛さまの妹さんです。この家に厄介になっております」

「わかりました」

高梁屋は請け合った。

栄次郎は『高梁屋』を辞去し、浅草黒船町に向かった。


お秋の家に着くと、政吉が待っていた。

「すみません。待たせてもらいました」

「いえ。上に行きましょうか」

栄次郎は政吉とともに二階に上がった。

「細田剛太夫剣術道場に行ってきました。あっしの知り合いの男の伝《つて》で門弟のひとりから話を聞くことが出来ました。その門弟も侍ではなく、町人なんですがね」

政吉は口を開いた。

「それは好都合でした」

「会田勘十郎、溝口、河田の三人についてきいたところ、この三人は三カ月前に道場を辞めたそうです」

「三カ月前に辞めた？」

「へえ。なんでも仕官の口があるということで」

「仕官？」

「どこかわかりませんが、そう話していたそうです」

三カ月前というと八月頃だ。この三人が的場伊右衛門の屋敷に入り込んだのはこの半月あまり前だ。兄栄之進がそのことに違和感を抱き、新八を下男として送り込んだのだ。

道場を辞めてから的場伊右衛門の屋敷に入るまでの間、この三人はどこにいたのか。仕官の口はどうなったのか。

「その門弟が言うには、一カ月ほど前、品川宿《しながわしゅく》でその三人を見かけたそうです。三人は旅装だったと言ってました」

「三人は旅に出ていたのですか」

「そうらしいですね。もちろん、その門弟はその三人に声をかけてはいません。でも、見間違いではないと言ってました」

「そうですか」

三人は仕官の口があって、どこぞの藩に出かけたが、思うようにいかずに江戸に舞い戻ったのだろうか。

その後、的場伊右衛門の用心棒になった。的場伊右衛門と三人は道場でいっしょだったのだ。

仕官がだめになった三人は江戸に戻ったあと的場伊右衛門を頼った。ちょうど、高樹清四郎の問題があり、伊右衛門は三人を用心棒として雇った。

そういうことだろうが、そもそも仕官の口というのも妙だ。仕官は道場を辞める口実だったのかもしれない。

「政吉親分、よく調べてくださいました」

栄次郎は礼を言う。

「いえ」

「奉行所のほうの探索は進んでいるのですか」

「へえ、各町の自身番に坂木一蔵の特徴を告げ、髪結《かみゆ》い床や一膳飯屋などにも声をかけています。これだけの探索ですから、どこかで引っかかるはずです。また、何か進展があったらお知らせに上がります」

そう言い、政吉は立ち上がった。

栄次郎はひとりになって改めて会田勘十郎、溝口、河田の三人が三カ月前に道場を辞めたことに思いを馳せた。

仕官の口がほんとうかどうかはともかく、三人は旅に出ていたらしい。そして、旅から帰って的場伊右衛門の屋敷に住み込んだ。

三人が旅に出たのは的場伊右衛門に頼まれたからではないか。ふと、そんな考えを持ったが、根拠は薄い。

ともかく、高樹清四郎に会ってみたかった。神楽坂の毘沙門天の裏の空き地で対峙したのは高樹清四郎に間違いないと思っている。

高樹清四郎は今は坂木一蔵として狙われている。その事情も気になる。

高樹清四郎は備中屋、的場伊右衛門、水沢忠常の三人を襲うために遣わされた刺客かと思ったが、水沢家の話からそうではないことがわかった。

乱心者とされているが、乱心した者が明確な目的を持って行動するはずはない。高樹清四郎は乱心者ではない。

そのとき、栄次郎は思いついたことがあった。思い立つと、じっとしていられなくなった。

栄次郎は梯子段《はしごだん》を下りた。

「あら、栄次郎さん。お出かけ？」

「急用を思い出しました。済み次第、戻ります」

そう言い、栄次郎はお秋の家を出た。

陽はまだ高い。晴れていて、風は冷たいが陽差しは穏やかだった。

栄次郎は吾妻橋《あづまばし》の袂から花川戸を抜けて今戸にやって来た。

備中屋の妾の家の前に立った。格子戸を開けて奥に呼びかける。

婆《ばあ》さんが出て来た。妾はいないのかと心配したが、栄次郎の声が聞こえて、妾が奥から出て来た。

「あなたは……」

またも、妾ははっとした。

賊と間違えたのか。それとも、栄次郎だとわかっていたのか。

「備中屋さんが殺されたあとに駆けつけた矢内栄次郎です」

「………」

「少し、お話を聞かせていただいてもよろしいでしょうか」

「はい」

妾は頷く。

「備中屋さんを斬ったあと、賊はあなたに危害を加えようとしませんでしたか」

「いえ、何も」

「賊は備中屋さんを斬るとき、悪党めと言ったそうですね」

「はい」

「それに対して備中屋さんは何も言い返さなかったのですか。思い出していただけませんか」

「旦那は声を失っていました」

「備中屋さんを斬ったあと、賊はあなたに何か言いませんでしたか」

「………」

「どうなんですか」

「これからの暮らしはだいじょうぶかときかれました」

「これからの暮らし？」

「はい」

「旦那を失ったあなたの暮らしを心配したと言うのですか」

「はい」

「あなたはなんと？」

「この家は買ってもらったものだから心配ないと言うと、安心していました」

「それ以外は？」

「備中屋を斬ったのは止むに止まれぬ事情からだと言ってました」

「止むに止まれぬ事情ですか。その事情は言わなかったんですね」

「はい」

「それだけですか」

「それだけです」

妾は頷きながら答えた。

「なぜ、そのことを、あのとき話してくれなかったのですか」

「それは……」

妾は言いよどんでから、

「こんなことを言うと、賊に同情していると思われるんじゃないかって」

と、俯いて言う。

どうしてそのように考えたのかと思ったとき、栄次郎ははたと気づいた。

「ひょっとして、あなたには好きな男がいるのでは？」

「…………」

「そうなんですね。いえ、責めているわけでじゃありません。かえってよかったと思っていますよ」

「ほんとうに？」

「ええ。でも、もうしばらくは黙っていたほうがいいでしょう。備中屋さんの喪が明けるまでは」

「わかりました」

「では、私はこれで」

「あっ、待ってください」

妾が呼び止めた。

「あの御方、私と同じぐらいの年齢の女のひとを探していると言ってました」

栄次郎は高樹清四郎の吉原での動きを思い出した。やはり、女を探していたのだ。

「どういう間柄か言ってましたか」

「幼なじみだそうです」

「幼なじみ……」

「名前は？」

「いえ」

「そうですか」

幼なじみというからは備中から吉原に売られた女がいるということだろう。江戸に出て来た清四郎はその女を探しに吉原に行っていたのだ。

改めて挨拶をして、妾の家を引き上げた。

だんだんわかってきたことは、高樹清四郎には深い事情があるということだ。ひょっとしたら、高樹清四郎のふた親と妹が殺されたのはほんとうのことで、清四郎は敵《かたき》を討とうとしているのではないか。

備中屋を斬ったのは止むに止まれぬ事情からだと言っていたという。だが、清四郎のふた親と妹の敵《かたき》が備中屋だということはありえない。

高樹清四郎が狙っているのは他に的場伊右衛門と水沢忠常だと思われる。単に敵討ちという事情では説明がつかない。

今戸橋を渡る。栄次郎は何かが閃きそうになりながら不発に終わった。

栄次郎は思いついて日本堤を吉原に向かった。まだ夕七つ（午後四時）には間がある。

見返り柳を過ぎて衣紋坂《えもんざか》を下り、大門を入る。栄次郎は京町二丁目の裏長屋に入って行く。

今、春蝶はこの裏長屋に住んでいた。路地に出て来た芸人ふうの男に春蝶の住まいをきき、そこに向かうと音吉が出て来た。

「栄次郎さんじゃありませんか」

「音吉さん。よいところに」

栄次郎はほっとした。

「今、春蝶師匠は出てますが、どうぞお入りください」

「いえ、これから忙しい時間でしょうから」

栄次郎は謝してから、

「先日、私に似た男が女を探しているようだということでしたね。どうやら、備中の出のようなのです。年齢は二十四、五。そういう妓を調べていただけませんか」

と、頼んだ。

「よござんす。あちこち、きいてみます」

「春蝶さんによろしく」

栄次郎はあわただしく長屋をあとにした。

徐々に高樹清四郎の姿が見えてきた。まだ全貌ははっきりしないが、清四郎はたったひとりで大きな敵と闘っているような気がしてきた。早く、清四郎に会わねばならない。栄次郎はそう思った。

第三章　娘浄瑠璃

一

翌朝、底冷えのような寒さの中、栄次郎は庭に出た。柳の枝に向かって居合を繰り返す。半刻（一時間）あまり続けると、汗びっしょりになった。

井戸で体を拭いて部屋に上がると、朝餉の支度が出来たと女中が呼びに来た。

兄とともに朝餉をとったが、兄はさっきから何か言いたそうだった。栄次郎は食事を終え、自分の部屋に戻った。

すぐ兄がやって来た。

「部屋に」

「はい」

栄次郎は兄の部屋に行った。

「さっき新八がやって来た。昨夜、屋敷に賊が侵入したそうだ」

「えっ」

素振りをしているときに襲撃するかと思っていたらしく油断したのかもしれない。

「お城の行き帰りに新八がやって来たらしい。

「でも、的場さまのお帰りは陽が落ちぬうちに」

お城からの帰りの道を襲撃するのは夜ならば可能だが、勘定組頭の的場伊右衛門は暗くなる前に帰宅するのではないか。

「それでも、仕事で遅くなることもあろう。そういう機会を狙って襲ってくると思っていたのだろう」

「そうですね」

栄次郎は頷いてから、

「で、的場さまは？」

と、確かめた。

「無事だ、ただ、用心棒のうち溝口と河田という浪人が斬られた。会田勘十郎が応戦し、賊は逃げたそうだ」

「賊が何を言っていたか、新八さんは聞いていたのでしょうか」

「ふたりを斬るとき、虫けらどもと叫んだそうだ」

「虫けら」

「わしもこれから的場伊右衛門どのの屋敷に行ってくる」

栄次郎も現場に立ち合いたいが、それは無理だった。

「わかりました。傷口など、詳しいことはお帰りになったらお聞かせください」

「うむ」

兄は外出の支度にかかった。

栄次郎は現場に行けないはがゆさを感じながら、高樹清四郎に思いを馳せた。さぞかし、的場伊右衛門を討ち漏らしたことに口惜しがっているであろう。

また後日、隙をみて襲うはずだ。清四郎の孤独な闘いはまだ続く。

栄次郎は的場の屋敷に駆けつけたい思いを押さえ込んで、屋敷を出た。そして、湯島切通しを下り、不忍池のほうに足を向け、備中水沢家の中屋敷に向かった。

表門に近付き、門番に畑伊十郎への面会を求めた。

門番は栄次郎を屋敷内に入れようとせず、門前に待たせせた。だが、取次ぎはしてくれて、少し待たされたが、痩身の畑伊十郎が潜り門から出て来た。

「近付くなと告げたはず」

顔を見るなり、いきなり伊十郎は言った。

「昨夜、的場伊右衛門さまの屋敷に高樹清四郎が忍び込んで、用心棒の浪人ふたりを斬ったそうです」

「…………」

伊十郎は顔色を変えた。

「まだ、知らせは？」

「ない。それから高樹清四郎ではない。坂木一蔵だ」

「畑どのは、最初は私に高樹清四郎ではないのかときいたではありませんか。どうして、途中から坂木一蔵に名前が変わったのですか」

「そなたには関わりのないこと」

ふたりはいつしか不忍池の辺に出ていた。

「高樹清四郎は私に似ているようです。だから、気になるのですよ」

「矢内どの。これは水沢家の家来が起こした騒ぎである。我らが始末をつけねばならぬものなのだ」

「しかし、高樹清四郎は備中屋に続き、用心棒の浪人を殺しました。この者たちは水沢家の家来ではありません」

「だが、乱心した坂木一蔵を取り押さえ、裁くのは水沢家の責任だ。奉行所には坂木一蔵を捕縛してもらうだけでいいのだ。身柄はすぐ引き渡してもらうことになる」

「それだと真実がもみ消されてしまう恐れがあります」

「そなたたちがこの件で騒ぎ立てるのはもっての外《ほか》だ」

「坂木一蔵、いえ、高樹清四郎は何をしたのですか」

「高樹清四郎とその家族を皆殺しにして江戸に逃げてきた。乱心したのだ」

「坂木一蔵とは何者ですか」

「清四郎の妹の許嫁《いいなずけ》だ。坂木一蔵は乱心の末、許嫁の家族を皆殺ししたのだ。国元で裁かねばならぬのだ」

「その坂木一蔵が、なぜ的場伊右衛門さまの屋敷を襲ったのでしょうか」

「わからぬ。乱心者だ」

「的場さまの妹君が藩主のご側室だそうですが、そのことと関わりが?」

「ない」

「なぜ、そう言えるのでしょうか」

「坂木一蔵とは無縁の御方だ。もうこれ以上話すことはない。失礼する」

伊十郎は行きかけて、

「そなたは坂木一蔵に似ている。屋敷の周辺をうろついていると、坂木一蔵に間違われるかもしれぬ。もう近付くな」

と、強い口調で言った。

戻って行く伊十郎を見送り、栄次郎はその場を去って浅草黒船町に向かった。

四半刻（三十分）後にお秋の家に着くと、

「栄次郎さん。たった今、木挽町の『高梁屋』さんの使いが」

と、お秋が告げた。

「なんと？」

「話をきいたからいつでも来てくださいということでした」

「わかりました。お秋さん、これから『高梁屋』に行ってきます」

栄次郎は蔵前の通りに出て、蔵前から浅草御門をくぐり、木挽町に急いだ。

木挽町の『高梁屋』に辿り着くと、話が通してあったのか店先にいた番頭がすぐ客間に通してくれた。

しばらく待たされて、中肉中背の温和な感じの高梁屋が部屋に入ってきた。

「お待たせいたしました」

「いえ、お使いをくだされ、ありがとうございました」

栄次郎は頭を下げる。

「きのう、上屋敷に行き御用人さまに会ってきました」

高梁屋は切り出す。

「御用人さまに坂木一蔵のことを訊《たず》ねると、こう報告を受けていると話してくださいました。この八月に藩の馬廻り役の坂木一蔵は同じ仲間の高樹清四郎の妹と将来を約束していたが、最近になって妹が心変わりをした。それでかっとなった坂木一蔵は屋敷に押しかけ、清四郎と妹、それにふた親を斬り殺したとのこと」

畑伊十郎の話と一致する。

「その後、坂木一蔵が藩を飛び出し、江戸に向かったとのことです」

「用人どのは、どなたからその話を聞いたのでしょうか」

「国元から江戸家老に手紙がもたらされたそうです。それから坂木一蔵を追ってきた畑伊十郎という組目付からも話を聞いたそうです」

「組目付……」

「こちらでいうところの御徒目付ですよ」

組目付は高樹清四郎を捕縛に来たのか、それとも殺そうとするのか。

「備中屋を殺した理由については？」

「自暴自棄になってのことだろうが、詳しいわけは坂木一蔵から聞かねばわからないということでした」

「殿様にはお会いに？」

「いえ。でも、殿様も坂木一蔵を許せぬと怒っていたそうです」

「下級武士の不祥事は殿様の耳にも入れるのでしょうか」

「国元で起こったことはどのような些細なものでも知らせるように命じてあるそうです」

国元で起きた不祥事と備中屋殺し、それに的場伊右衛門への襲撃がどのように関わっているのかわからない。

まだ、何か隠されている。しかし、その秘密を知るにはやはり高樹清四郎から聞くしかない。

「高梁屋さんは、世嗣の忠常君とお会いになったりなさるのですか」

「もちろん、ご挨拶に上がっております。次の殿様でございますからね」

「忠常君はどのような御方なのでしょうか」

栄次郎はきいた。

「そうですね」

高梁屋は表情を曇らせ、

「だいぶ傲岸《ごうがん》な御方です。怒りっぽく、私はどちらかというと、苦手でございます。悪い噂も……。あっ、いえ、今のことはお忘れください」

高梁屋はあわてて言う。

「忠常君が藩主になっても、『高梁屋』は御用達の座に揺るぎはないと仰っておいでしたが、そのような御方だと安心出来ないのではないですか」

備中屋が忠常に食い込んでいることを念頭に置いてきいた。備中屋の動きに動じない自信がどこから来ているのか、栄次郎は疑問に思った。

「それは心配していません」

「なぜですか。備中屋がいなくなったからですか。でも、忠常君と備中屋の結びつきが強ければ、新しい代になった『備中屋』を御用達にするかもしれないではありませんか」

「…………」

高梁屋は何かを隠している。そんな気がした。

「高梁屋さん。何かご存じでいらっしゃいますね」

「いえ、それは……」

「なぜ、忠常君が藩主になっても『高梁屋』は安泰なのですか。そのわけを、あなたはご存じなのではありませんか」

「いえ。私は何も知りません」

「水沢家では坂木一蔵と言っていますが、実際は高樹清四郎が江戸に来ているのです。この高樹清四郎は備中屋を殺し、直参の的場伊右衛門を狙い、さらには忠常君をも襲おうとしています」

「……」

「今、水沢家で何か起きているのです」

「矢内さま。私は一介の商人。大名家の事情がわかるはずはありません」

「しかし、忠常君が藩主になったら『備中屋』が『高梁屋』に取って代わることは予想されたのではありませんか」

よしんば、現藩主忠則公が強く言い置いたとしても、忠則公亡きあとは忠常君の独壇場だ。そういう恐れを抱いていなかったのか。

どうも最初から備中屋を問題にしていなかったような気がする。なぜか……。

「高梁屋さん。何かおありのようですね」

栄次郎は食い下がった。

「いえ、何も」

そう言い、あわてて、

「もうよろしいでしょうか」

と、高梁屋は腰を浮かす素振りをした。

これ以上きいても答えようとしないだろう。栄次郎は礼を言って立ち上がった。

いちおう、水沢家で事実とされているのは、馬廻り役の高樹清四郎とふた親、妹が乱心した坂木一蔵に殺されたということだ。

当然、畑伊十郎は坂木一蔵が逐電したことを知っていたはずだ。それなのに、栄次郎に対して高樹清四郎という名を出すのは不可解だ。殺した者と殺された者の名を間違えるとは思えない。

やはり、今江戸に来ているのは坂木一蔵でなく高樹清四郎だ。では、清四郎が実の親と妹を殺したのか。

いや、備中屋を殺し、的場伊右衛門を狙っていることからして単純なものではない。

栄次郎は木挽町から浅草黒船町のお秋の家に向かった。

その夜、屋敷に帰った栄次郎は兄の帰宅を待ちかねた。

兄が帰って来たのは四つ（午後十時）近かった。

「お疲れではありませんか」

栄次郎は兄の部屋に行ってきいた。

「だいじょうぶだ。入れ」

「はっ」

栄次郎は兄と差し向かいになって、

「いかがでしたか」

と、きいた。

「うむ。昨夜の状況から話そう」

兄はそう前置きして続けた。

「昨夜、五つ半（午後九時）ごろ門を叩く者がいた。門番が潜り戸を開くと、ひとりの侍が立っていて、会田勘十郎どのにお会いしたいと言ったそうだ。門番は人相からぴんときて、すぐ侍を中に引き入れ、長屋に住む会田勘十郎のところに連れて行った」

兄は息継ぎをして続ける。

「会田勘十郎が出て行くと、侍はいきなり、いっしょに出て来た溝口と河田という浪人に斬りかかったそうだ。その騒ぎに、家来衆も出て来た。すると、侍は素早く逃げて行ったという。会田勘十郎は坂木一蔵だったと言っている」

「相手は何か言っていたと思いますが」

「会田勘十郎は、無言でいきなり斬りかかったと言っていた。門番も何も言わなかったと答えたが、新八は、侍が虫けらと叫んだのを聞いていた」

備中屋を斬る前も何か一言叫んでいる。高樹清四郎が叫んだことを会田勘十郎は隠しているのだ。

「やはり、ふたりとも頸から胸にかけて斬られていたんですね」

「そうだ。それから心ノ臓も一突きされていた」

「心ノ臓ですって？」

「そうだ。会田勘十郎と剣を交えながらわざわざ倒れたところに止《とど》めを刺している」

「ふたりともですね」

「そうだ。ふたりともだ」

備中屋も心ノ臓を突き刺されていた。止めを刺したのだろうか。頸から胸にかけての傷でほとんど絶命していると思われる。その上、どうして心ノ臓を突き刺す必要があったのか。

「でも、妙ですね。清四郎は会田勘十郎の名を出しているのですね。的場伊右衛門さまを狙うはずだったのでは？」

栄次郎は疑問を呈した。

「まず、用心棒の居場所を確かめ、それから母家《おもや》に押し入るつもりだったのかもしれない。だが、用心棒の抵抗に遭い、ふたりだけ斬って逃げた。そういうわけではないか」

「………」

栄次郎は腑に落ちなかった。

「どうした？」

「はい。今のお話を聞くと、高樹清四郎は最初から用心棒を狙っていたように思えたのです」

「用心棒を？　真の狙いは的場伊右衛門どのではなかったと申すのか」

兄が意外そうな顔をした。

「いえ。真の狙いは的場伊右衛門さまだと思います。それなのに、なぜ……」

それに頸から胸にかけて斬っただけでなく、心ノ臓を一突きしていることも解せない。


「的場さまはなんと言っているのですか」

「坂木一蔵という乱心者はわしの妹が藩主の側室にいることが気に食わないのであろう、と言っていた」

「やはり、坂木一蔵という名で押し通そうとしているようですね」

畑伊十郎が口裏合わせのために的場伊右衛門に会っているのであろう。

「何か手掛かりは？」

「ない。だが、奉行所に坂木一蔵の探索を強化するように話した」

兄は言ったあとで、

「どうも的場伊右衛門どのや用心棒の会田勘十郎は何かを隠しているようで歯痒い。だが、ふたりとも口を割りそうもない」

水沢家の思惑のままにことを進めさせてはならないと、栄次郎は改めて自分に言い聞かせた。

二

翌日の朝、栄次郎は元鳥越町の吉右衛門師匠の家に行った。

稽古場からは横町の隠居の声がしている。

「吉栄さん。お久しぶり」

大工の棟梁《とうりょう》が手焙《てあぶ》りの前にいた。

「ご無沙汰しています」

栄次郎も挨拶をする。

「今、ご隠居から聞いたんですが、おゆうさんは娘浄瑠璃語りになるんですってね。驚きました」

棟梁が口にした。

「ええ、そうらしいですね」

また胸が微《かす》かに疼《うず》いた。

「なぜ、そんな気持ちになったんでしょうね」

「さあ」

「あっしが思うに男だと思いますぜ」

「男？」

「ええ。若い女の運命を変えるのは男しかいませんぜ」

「…………」

おゆうは栄次郎への未練を消し去るためにあえて違う世界に飛び込んで行こうとしているという吉右衛門の考えを蘇らせた。

だが、棟梁は意外なことを言った。

「おゆうさんには男がいるようですね」

「男？」

「ええ。一度、人目を忍ぶように神田明神の裏手に行くのを見かけたことがあるんです。あれは男に会いに行くところだったと思います」

「そうですか」

「たぶん、その男は寄場とか娘浄瑠璃などの興行に関わっている男なんで、いつしかおゆうさんはそういうところに足を踏み入れてしまったんじゃないかって思いましたよ」

三味線の音が止んだ。

「ご隠居、終わったようですな」

棟梁が話を切り上げた。

ご隠居が戻ってきた。

「ご隠居、ごくろうさま。相変わらず渋い声ですね。じゃあ、吉栄さん、お先に」

棟梁は声をかけて稽古場に向かった。

隠居は腰を下ろし、

「棟梁から聞いたかえ」

と、口にした。

「おゆうさんのことですか」

「そう。じつは棟梁、おゆうさんが悪い男に騙されているんじゃないかと心配しているんだ。だって、そうだろう。娘浄瑠璃だなんて」

「…………」

「吉栄さん。おゆうさんのこと、調べてみたらどうだね」

「でも、以前に会ったときは、いやいやるのではないと言ってました」

「でも、男が出来たのはほんとうだ。俺のかみさんが足袋屋《たびや》でおゆうさんが男物の足袋を買っていたと言っていた」

「そうですか」

大工の棟梁が言うように、男に騙《だま》されて娘浄瑠璃になろうとしているわけではないだろうが、男のためにやろうとしているなら問題だと思った。

わざわざ、いやいややるのではないと言っていたことも気になる。

「まあ、そうはいってもおゆうさんが娘浄瑠璃語りになったら、たいそうな人気が出るだろうよ。それはそれで仕合わせなのかもしれないが……」

確かに自分が望んでのことなら何も口を出す必要はない。だが、そうではなかったら、と思うと胸が張り裂けそうになった。

大工の棟梁の稽古が終わり、栄次郎の番がきて稽古場に行く。

夢中で稽古に向かい、師匠の前から下がった。ふたりの弟子が茶を呑みながら待っていた。

栄次郎は挨拶をして師匠の家を出た。

神田佐久間町《さくまちょう》にあるおゆうの実家の前までやって来たが、訪ねても無駄だと思った。おゆうがほんとうのことを話してくれるはずはない。

実家を見通せる場所でしばらく待ったが、おゆうが出て来る気配はなかった。もっとも、外出しているのかもしれなかった。

栄次郎は出直すことにした。

それから、浅草黒船町のお秋の家に行き、稽古をして夕餉を馳走になって、暮六つ(午後六時)過ぎにお秋の家を出た。

牛込の的場伊右衛門の屋敷の近くまでやって来た。一昨日のきょうで、高樹清四郎が襲うことはあるまいと思うが、栄次郎は屋敷の周辺を歩いてみた。

むろん、怪しいひと影を見つけることは出来ない。再び、的場伊右衛門の屋敷の前を通りかかると、新八が出て来て、遠くを見つめている。

栄次郎はゆっくりすれ違う。

「まだなんです」

「道順は？」

「詳しくはわかりませんが、牛込御門から神楽坂を通るようです」

栄次郎はそのまま行きすぎる。的場伊右衛門はまだ帰っていない。仕事で遅くなったようだ。

栄次郎は神楽坂を経て牛込御門に向かった。ちょうど、御門を抜けて武士の一行がやって来た。若党や中間を引き連れている。

駕籠のそばに屈強そうな浪人がいた。会田勘十郎ではないかと思った。すると、中にいる武士は的場伊右衛門だ。栄次郎は暗がりに遠ざかった。

的場伊右衛門は剣に長《た》けているという。会田勘十郎と的場伊右衛門が揃えば、さすがの高樹清四郎も苦戦しそうな気がした。

栄次郎は一行のあとをつけた。他に怪しいひと影はない。

一行は神楽坂を上がった。栄次郎は少し離れてついて行く。毘沙門天の前を過ぎて、すぐ左に折れた。

暗い道に入った。寺の山門の前を行く。そのとき、山門から黒い影が現れ、一行の行く手を遮った。

「坂木一蔵か」

野太い声が聞こえた。会田勘十郎だろう。大柄で胸板が厚く、肩幅が広い。恐ろしく首が太い。

「坂木一蔵はそなたに殺された。高樹清四郎だ」

「待っていた」

会田勘十郎が抜き打ちに斬りつける。

清四郎も抜刀した。

栄次郎は静観するしかなかった。高樹清四郎に与《くみ》するわけにはいかない。だが、清四郎に敵対する気も起きなかった。

清四郎と会田勘十郎は激しい斬り合いを演じていたが、途中から的場伊右衛門が加わった。

栄次郎は飛び出して行きたい衝動に駆られたが、まだ我慢をした。念のために、足元に落ちていた小石を拾った。

会田勘十郎が上段から清四郎に向かって斬り込んだ。清四郎も勘十郎に躍りかかった。激しい斬り合いの末、両者はお互いに下がった。

清四郎の左手の袖が避け、血が流れたのが見えた。それを見て、勘十郎は斬りつけようと剣を上段に構えて足を踏み出したが、すぐ足が止まった。

上段に構えたまま勘十郎は動かなかった。

「勘十郎」

的場伊右衛門が叫んだ。

その場に勘十郎はくずおれた。清四郎は倒れた勘十郎の胸に剣を突き刺した。的場伊右衛門が剣を構え猛然と清四郎に突進した。

栄次郎はとっさに手に持っていた小石を的場伊右衛門に向かって投げた。伊右衛門は小石を弾いた。

その間隙を縫って、清四郎は伊右衛門に斬りつけた。だが、右手一本の攻撃は微妙に狙いを狂わせた。

伊右衛門は清四郎の剣を避けたが、体勢が崩れた。

「的場伊右衛門、覚悟」

清四郎が振りかざしたとき、御用提灯が向かってきた。中間《ちゅうげん》が自身番に知らせに行ったのだ。

清四郎が躊躇した隙に、伊右衛門は体勢を立て直して飛び退いた。

「的場伊右衛門、次は必ず仕留める」

清四郎は左腕を押さえながら山門に飛び込んで逃げた。栄次郎も暗闇に紛れて姿を消した。

栄次郎は本郷の屋敷に戻った。

すでに兄は帰っていた。

「兄上。よろしいでしょうか」

襖の外から声をかける。

「入れ」

「失礼します」

栄次郎は兄の部屋に入った。

「何かあったのか」

栄次郎の顔色から何かを察したようだった。

「高樹清四郎が的場伊右衛門を襲いました。的場さまは無事でしたが、会田勘十郎は斬られました」

「なんだと」

兄も顔色を変えた。

「下城の途上に襲ったのです」

栄次郎は経緯を説明した。

「たったひとりで、なんと大胆な」

兄は感嘆した。

今頃、現場は大騒ぎになっているだろう。一昨日に続いて、用心棒が殺されたのだ。

「兄上。高樹清四郎の話では、坂木一蔵は会田勘十郎に殺されたようです」

「会田勘十郎が？　しかし、坂木一蔵は備中にいたのではないのか」

兄は疑問を呈した。

「会田勘十郎は溝口と河田という浪人とともに三カ月前に道場を辞め、どこかに行っているのです」

「…………」

「道場の門弟が、一カ月ほど前、品川宿で旅装の三人を見かけたそうです」

「旅に出ていた？」

「はい。この三人は備中に行ったのではないかと」

「どういうことだ？」

「想像でしかありませんが、この三人は備中で、高樹清四郎のふた親と妹、そして妹の許嫁である坂木一蔵を斬ったのではないでしょうか」

「なんのためだ？」

「わかりません。ただ、その殺戮《さつりく》には備中屋と的場伊右衛門さまが絡んでいると思われます。さらには水沢忠常……」

「高樹清四郎の復讐か」

「おそらく」

「ことは重大だ」

「はい。でも、まだ、想像だけですから」

「御徒目付の権限で、的場どのに事情をきいてみよう」

「はい。でも、正直に答えるとは思えません」

「では、どうするのだ？」

「もちろん、水沢家に聞いても真相は摑めません。高樹清四郎から事情を聞くしか真実はつかめないと思います」

「しかし、高樹清四郎の居場所は皆目《かいもく》摑めぬ。奉行所でも各町内を探しているようだが、なかなか見つからぬ」

「高樹清四郎は必ず的場伊右衛門さまと水沢家中屋敷《なかやしき》に現れます。その機会を待てば会うことが叶うはずです」

「場合によれば、新八に備中に行って調べてもらうことも考えなければならぬな」

「いえ。備中まで往復し、調べる時間を考えたら少なくともひと月からひと月半はかかりましょう。その間に、高樹清四郎はけりをつけているはずです」

「そうよな」

「兄上。新八さんに、もし高樹清四郎が現れたら、私のことを伝えてもらうように言ってくれませんか」

「高樹清四郎がそのとおりにするとは思えぬが、手は打っておこう」

「はい」

そのとき、襖の外でひとの気配がした。

「栄之進、入りますよ」

母の声がして、襖が開いた。

「母上」

栄次郎はあわてた。

「やはり、ここでしたか」

母は入ってきて、ふたりの前に座った。

「最近、ふたりでこそこそ何かをしている様子。いったい、何をしているのですか」

「いいえ、たいしたことではありません」

兄が答える。

「たいしたことでないのに、どうしていつもふたりで遅くまでこそこそ話しているのですか」

「じつは、お役目のことで、少し栄次郎の手を借りているんです。いえ、たいしたことではないのですが」

兄が弁明をする。

「母には言えないことですか。まさか、危険なお役目ではないのでしょうね」

「母上。そんなんじゃありません」

栄次郎も母をなだめるように、

「母上のお耳を汚しては申し訳ないと気を使っていたのです」

「ほんとうなのですね」

「はい」

「私はまた、新たに縁組の話が出たら、どう断ろうかという相談をしているのではないか思いました」

「まさか」

兄は声が強張った。

「そうですか。それならよいのですが」

そう言い、母は立ち上がり、

「近々、ふたりにいいお話が舞い込んできそうです。楽しみにお待ちなさい」

と言い、部屋を出て行った。

栄次郎は兄と顔を見合わせ、思わず苦笑いをした。

「また、難題に悩まされそうだ」

「それにしても、母上の勘は鋭いですね」

栄次郎は感嘆した。

「まったくだ」

「では、兄上。さっきの件、新八さんによろしく」

栄次郎は挨拶して自分の部屋に戻った。

ふとんに入ったがなかなか寝つけなかった。もし、高樹清四郎が理不尽に身内を殺されたとしたら、復讐に走る気持ちは理解出来る。

それにしても、なぜ殺されなければならなかったのか。考えられることは、高樹清四郎のふた親は世嗣の忠常にとって重要な秘密を握っていたのではないか。その秘密を明らかにされると、忠常が窮地に追い込まれるようなものだ。

しかし、忠常は江戸にいる。備中にいる高樹清四郎のふた親が秘密を知ることは考えづらい。

これ以上考えても何もわからない。そう匙《さじ》を投げたとたん、眠気を催してきた。

夜明け前に起き、栄次郎は刀を持ってまだ暗い庭に出た。凍てつくような寒さだ。

だが、何度も居合を繰り返すうちに体は熱くなってきた。

柳の小枝の微かな揺れをとらえて抜刀する。ふと目の端に、新八の姿が入った。

栄次郎は素振りを中断した。

「新八さん」

「すみません、中断させてしまって」

「いえ。部屋に上がりましょう」

「いえ、あっしはだいじょうぶです。今、栄之進さまからお聞きしました。昨夜の騒ぎに居合わせたそうですね」

「ええ、あのあと、的場さまの一行に出会い、あとをつけたら高樹清四郎が襲ってきたのです。あれから、屋敷のほうはどうでした」

「ええ、的場さまはかなり興奮していました。会田勘十郎が斬られたことはかなり堪《こた》えているようです」

「新八さん、的場さまのお屋敷に、畑伊十郎どのという侍が訪ねてくることはありましたか。瘦身の武士です」

「一度、見かけたことがあります」

「やはり」

畑伊十郎は的場伊右衛門と連絡を取り合っていたのだ。

「また、何かわかったら教えてください」

「へい」

新八は引き上げて行った。

栄次郎は再び、素振りをはじめた。


その夜、栄次郎は兄の帰りを待って、兄の部屋に行った。

「兄上、いかがでしたか」

きょうの昼間、御徒目付として兄は的場伊右衛門の屋敷に赴《おもむ》き、事情を聞いた。その様子を知りたかった。

「やはり、核心には触れぬ。坂木一蔵という男が逆恨みから襲っているというだけだ」

「逆恨みの内容は?」

「はっきりしないそうだ。ただ、半月以上前、薬研堀の料理屋で酒に酔って絡んできた侍を懲らしめてやったことがあった。おそらく、その男ではないかという」

「薬研堀の料理屋ですか」

「備中屋といっしょだったそうだ。だから、備中屋にも恨みを晴らしたのではないかという」

「新たな口実を考えつきましたね」

「うむ。あくまでも水沢家の問題ではないと言いたいのであろう」

「会田勘十郎ら三人を用心棒にしたわけは？」

「坂木一蔵の件があったので、用心のために道場仲間である会田勘十郎らに用心棒を依頼したという」

「やはり、真実を知ることは出来ませんね」

「うむ。水沢家の家来が訪ねてくる件については、藩主忠則公の側室である妹の使いでやって来ただけだという」

「使いの内容はいかがなんでしょうか」

「時候の挨拶だけだそうだ」

「うまく言いつくろいましたね」

「水沢家に訊ねることもままならぬ」

兄は顔をしかめた。

「会田勘十郎が備中に行ったかどうかは？」

「会田勘十郎がどこを旅したかなど知らないと答えた」

「予想されたことです」

栄次郎はため息混じりに言う。

「そなたの言うように、高樹清四郎から話を聞かぬ限り、真相に迫れない」

兄は厳しい顔で言った。

清四郎は昨夜、左腕に手傷を負ったはずだ。手当てはどうするのか。医者には行くまい。薬種屋に現れるか。

薬種屋に聞き込みをかければ、居場所の推定が出来よう。しかし、そのためには町方の手を借りなければならない。

栄次郎はそこまではしたくなかった。

三

それから数日間、なんの動きもなかった。

高樹清四郎は怪我の回復を待っているのかもしれない。

栄次郎は神田佐久間町にある町火消『ほ』組の頭取《とうどり》政五郎の家に行って、おゆうが出て来るのを待ったが、おゆうはついに現れなかった。

ひょっとして、おゆうはいないのではないかと思った。栄次郎は思い切って訪ねた。

広い土間に纏《まとい》や鳶《とび》の道具がある。

「おや、栄次郎さんじゃありませんか」

がっしりした体格の政五郎が土間にいた。若い鳶の連中と話していた。

「ご無沙汰しております。おゆうさん、いらっしゃいますか」

「じつは先日から巣鴨《すがも》の母親の実家に行ってましてね。祖母《ばあ》さんが寝込んだっていうので、おゆうが飛んで行きました。まだ、帰ってきません」

「そうですか。おゆうさんが娘浄瑠璃語りになると聞いたのですが、ほんとうですか」

「ええ、なんだかそう言ってますね」

政五郎は笑った。だが、その目が笑っていないことに気づいた。

「また、おゆうさんがお帰りになった頃、お伺いします」

いつもと違う感じがして、栄次郎は早々と引き上げた。おゆうが娘浄瑠璃語りになるきっかけが栄次郎とのことにあると、政五郎は思っているのか。

それからお秋の家に行った。

まるで嵐の前のような静けさがここ数日続いている。三味線の稽古もはかどったが、このままで済むはずないことは承知していた。高樹清四郎の左腕の傷が癒えるまでのしばしの休止でしかない。

梯子段を上がってくる音がして、お秋が顔を出した。

「音吉さんがいらっしゃいました」

「すみません。ここに」

「はい」

お秋が下がって、しばらくして音吉が部屋に入ってきた。

「栄次郎さん、わかりましたぜ」

腰を下ろす前から、音吉は唾を飛ばして口にした。

「江戸町二丁目にある『宝屋《たからや》』という妓楼に清菊《きよぎく》という若い妓がいます。実の名はお咲《さき》、備中の出だそうです」

「『宝屋』の清菊ですか」

栄次郎は身を乗り出し、

「その清菊さんと話がしたいのです。春蝶さんの顔で、なんとか会えるように取り計らっていただけませんか」

「春蝶師匠はたかが新内語りでしかありません。そこまで力はありません。楼主は内心では芸人を見下《みくだ》していますからね」

音吉は困惑した表情で答える。

「そうですか。無理を言ってすみません」

「でも、栄次郎さんの気持ちを伝えておきます。春蝶師匠にいい考えがあるかもしれません」

「まあ、客として上がればいいのでしょうが」

栄次郎は客として会っても、どこまで本心が聞けるか期待出来ないと思った。

「春蝶師匠なら何か工夫してくれると思います。なにしろ、栄次郎さんは師匠にとって大恩人ですからね」

「そんな大袈裟なことではありませんよ」

栄次郎は苦笑してから、

「じゃあ、あっしはこれで」

音吉は腰を浮かせた。

「この件で、あまり無理なさらないでくださいと春蝶さんにお伝えください」

「わかりました」

栄次郎は階下まで音吉を見送った。

部屋に戻り、三味線の稽古を続ける。

年が明けると、市村座《いちむらざ》の舞台で三味線を弾くことが決まっている。来月の師走の舞台はすでに何度も弾いている『越後獅子《えちごじし》』なので心配はないが、市村座の演《だ》し物はまだ決まっていない。

三味線を弾いているうちにいつの間にか部屋は暗くなって、お秋が行灯に灯を入れにきた。

お秋が静かに部屋を出て行こうとしたとき、栄次郎は弾き終え、

「お秋さん」

と、声をかけた。

「はい」

お秋が振り返った。

「今夜は崎田さまはお見えになりますか」

「ええ。来ます」

お秋は不安そうな顔をして、

「何か」

「ちょっとお話がしたいと思いまして」

「また、この前みたいな……」

言い合いにならないか、お秋は心配しているのだ。

「きょうはだいじょうぶです」

「そう」

お秋は笑みを浮かべ、

「じゃあ、来たら呼びにきますね」

と言い、部屋を出て行った。

それから半刻（一時間）後に、お秋が呼びに来た。すでに、孫兵衛は居間でくつろいでいた。

栄次郎は三味線を片づけて階下に行った。

「栄次郎どのか。さあ、いっしょに呑もう」

いつぞやの言い合いなどすっかり忘れてしまったかのように、孫兵衛は気さくに声をかけてきた。

「先日は失礼をいたしました」

まるで、奉行所は水沢家の家来のようではないか、情けない御方だったとまで、栄次郎は口にした。

「何かあったか」

孫兵衛はとぼけた。

お秋が酒を持って来た。

酒が入ると、孫兵衛はしつこくなるので、栄次郎はさっそく口にした。

「崎田さま。例の高樹清四郎、いえ坂木一蔵の探索はいかがなっておりましょうか」

「あれはまったくはかどっておらぬ。町の隅々まで調べているが……」

孫兵衛は首を横に振り、

「やはり、大江戸とはよく言ったものだ。ひとりの男が身を潜める場所には困らないのだろう」

と、ぼやくように言う。

「そうですか」

「これだけ探しても見つからぬのは、やはり誰かが匿《かくま》っているのではないか」

「匿う……」

「そうだ。水沢家の要請もあって徹底的に探しているにも拘《かかわ》らず、痕跡すらないのだ。飯だって食う。頭だって当たるだろう。だが、どこの一膳飯屋、髪結い床にも現れた形跡がない。どこかに匿われているとしか考えられぬ」

栄次郎はおゆうの顔が脳裏を掠めた。

おゆうは男物の足袋を買っているところを見られている。娘浄瑠璃語りになるのは男の影響ではないかと、大工の棟梁が言っていた。高樹清四郎の影響で娘浄瑠璃語りになるというのはちょっと考えづらい。

しかも、清四郎は栄次郎に似ているのだ。

まさかとは思うが……。

「どうした?」

孫兵衛が黙りこくった栄次郎に不審そうに声をかけた。

「崎田さまのお考えが当たっているように思えます」

「匿う者がいるということか」

「はい」

「水沢家が言うには江戸に知り合いはいないそうだ。こっちで知り合ったに違いない。じつは、栄次郎どのに似たいい男だそうだ。だとすると、匿っているのは女ということが考えられる」

「…………」

「妾や後家、料理屋の女中など、ひとり暮らしの女にも目をつけているが、まだ手掛かりはない」

「そうですか」

栄次郎はおゆうなら高樹清四郎を匿うような気がした。栄次郎にそっくりな男に出会えば、おゆうは味方をするのではないか。

その後、栄次郎は猪口で三杯ほど酒を呑んで、孫兵衛が引き止めるのを振り切ってお秋の家を出た。

御徒町から下谷広小路を突っ切って池之端仲町から湯島切通しに差しかかった。

あの夜、栄次郎がここに差しかかったのは五つ半（午後九時）頃だった。待ち伏せていた侍が飛び出してきて、饅頭笠をかぶった畑伊十郎がひと違いを認めた。その後、待ち伏せていた侍のひとりが不忍池の辺で斬られた。

高樹清四郎が現れたのは四つ（午後十時）前だろう。

次に、神楽坂の毘沙門天の裏の空き地で清四郎としばし対峙したが、その時刻は五つ（午後八時）頃。

的場伊右衛門の屋敷に押し入ったのは五つ半頃、的場伊右衛門の帰宅途上を襲ったのは六つ半（午後七時）過ぎ。

こう考えると、不忍池の辺で侍を斬った時刻が一番遅い。つまり、高樹清四郎の隠れ家はここからそう遠くないところだと見ていい。

町木戸が閉まる四つ（午後十時）を過ぎないようにしている。木戸番にも見られないように注意をしているようだ。

政五郎はおゆうが巣鴨の母親の実家に行っていると言っていた。いくらおゆうが高樹清四郎を巣鴨に匿っていたとしても、ここから巣鴨までは遠い。

政五郎の言うことが正しいならば、おゆうが高樹清四郎を匿っていることはありえない。栄次郎は確かめてみようと思った。


翌朝、栄次郎は屋敷を出て、いつもとは別の方向に足を向けた。

加賀前田家の上屋敷を過ぎ、追分《おいわけ》から左の中仙道《なかせんどう》に入る。旅装の旅人が目立つ。

白山権現《はくさんごんげん》を抜け、やがて今度は加賀前田家の中屋敷を過ぎると巣鴨町である。巣鴨村はすぐだ。以前、おゆうから母の実家は巣鴨村の徳善寺《とくぜんじ》の傍だと聞いたことがあった。

栄次郎は村に入る。かなたに寺の大屋根が見えた。徳善寺に違いない。

栄次郎はそこに足を向ける。徳善寺の山門から辺りを見回す。何軒か大きな百姓家が見えた。牛馬がいた。

いずれかがおゆうの母親の実家かもしれない。栄次郎はまず近くにある百姓家に向かった。

洗濯物を乾かしている赤ん坊を背負った大柄な女に、栄次郎は声をかけた。

「すみません。この辺りに、江戸の町火消の頭取政五郎さんに嫁いだ……」

「おとよさんね」

最後まで言わないうちに、女は答えた。

「おとよさんとは政五郎さんのおかみさんですか」

栄次郎は確かめる。

「そうです。おとよさんの家は、あの松の樹の横にある家です」

おゆうの母親は昔、下谷広小路にある商家に奉公に出ていた。そこで、政五郎と知り合ったと聞いたことがある。

「おとよさんの娘のおゆうさんをご存じですか」

「ええ。何度か会ったことはあります」

「最近は？」

「最近は来ていないんじゃないかしら。うちのひと、毎日のようにあの家に行っているけど、おゆうさんが来ているなんて言ってなかったわ」

「毎日？」

「将棋ですよ」

「おゆうさんの祖母《おばあ》さんが寝込んで、おゆうさんが巣鴨に行ったと聞いたんですが……」

「そんなことないですよ。今朝もうちに野菜を届けてくれましたから」

「………」

「おゆうさんがこっちにいると思ってやって来られたのね」

「そうです」

「そう。でも、残念ね。おゆうさんはいないわ」

「他のどなたも寝込んではいないのですか」

「ええ。みなさん、達者ですよ」

この女が嘘を言うはずない。おゆうは来ていないのだ。政五郎が嘘をついたのだ。

なぜ、政五郎は嘘を……。

おゆうに頼まれていたのか。

「これから行くのですか」

「そう思っていたのですが、おゆうさんがいなければ行っても仕方ないですから」

栄次郎は苦笑した。

「そうね」

栄次郎は礼を言って引き返した。

来た道を戻りながら、おゆうがどこにいるのか考えた。おゆうが高樹清四郎を匿っているとしたら、どこか。

政五郎はそのことを知っているのかもしれない。いや、まさかあの佐久間町の家の離れということはないのか。

それはありえない。鳶の者がたくさんいる家では秘密は守られにくい。やはり、別の場所だ。

政五郎はどこかに家作《かさく》を持っているのかもしれない。どうやって、その場所を探るか。

今度は白山権現を右手に見て、栄次郎は本郷に帰ってきた。

屋敷には寄らず、本郷通りをそのまままっすぐ行き、湯島聖堂の前を過ぎて神田佐久間町にやって来た。

おゆうの家の周辺を歩き、裏道に入る。裏庭の様子を窺うが、中を覗くことは出来なかった。

だが、裏口の戸はしっかりと閉まっていて汚れ具合からも長い間、開けられていないように思えた。

高樹清四郎がいるのはここではない。そう思ったとき、吉右衛門師匠の家で聞いた大工の棟梁の話を思い出した。

おゆうが人目を忍ぶように神田明神の裏手に行くのを見かけたことがあると言っていたのだ。

神田明神の裏手に隠れ家あるのだろうか。栄次郎は神田明神に足を向けた。

神田明神の鳥居をくぐり、社殿の脇を通って裏手に向かう。裏側には武家屋敷が並んでいた。

その向こうは妻恋坂《つまこいざか》だ。栄次郎は妻恋坂に出た。確かにこの辺りなら牛込の的場伊右衛門の屋敷にも水沢家の中屋敷にも行きやすい。

その辺りを歩いてみたが、それらしき場所を見つけることは出来なかった。

四

翌日は朝から冷たい雨が降っていた。さすがに、この雨では素振りをするわけにはいかなかった。

栄次郎は朝餉のあとで、兄の部屋に行った。

「神楽坂での襲撃から五日が経った。その間、高樹清四郎に動きはないな」

兄が厳しい顔で言う。

「腕の怪我のせいだと思います。でも、そろそろ傷も治る頃だと思いますが」

栄次郎は、清四郎は妻恋坂周辺にいると睨んだ。あの辺りに、政五郎の家作があるのに違いない。

不用意にあの辺りをうろつけば気づかれ、別の場所に移ってしまうかもしれないので、探し出すのも難しい。

しかし、おゆうが高樹清四郎を匿っていると考えたが、そうだという証《あかし》は何もないのだ。栄次郎が勝手に思い込んでいるだけで、まったく別かもしれない。

ほんとうは娘浄瑠璃語りになるような影響を与えた男といっしょにいるのかもしれない。それを高樹清四郎と結びつけた根拠は栄次郎に似ている男だからだ。その一点だけで、決めつけることは極めて危険かもしれない。

「新八からだが、的場伊右衛門どのは新たに用心棒を雇ったようだ」

兄が思い出して言う。

「的場さまは、必ず高樹清四郎が襲ってくると思っているようですね」

「そうだ、確信している」

兄は不快そうに顔を歪め、

「的場伊右衛門どのは何かを隠している。正直に話していないことがわかっていながら、問い質《ただ》せないことが無念だ」

「水沢家に何も手出し出来ないことが最大の障碍《しょうがい》です。水沢家で誰かがほんとうのことを話してくれるといいのですが、まず無理でしょう」

「高樹清四郎が動きだすのを待つしかないか」

「今のところは……」

栄次郎も口惜しそうに言う。

「そろそろ出仕の刻限だ」

兄はそう言い、外出の支度にかかった。

栄次郎も自分の部屋に戻り、外出の支度をした。

それから半刻（一時間）あまり後、栄次郎は吉右衛門師匠の家の格子戸を開けた。唐傘の雨滴を振り払い、土間に入った。

幸いなことに、大工の棟梁が稽古を待っていた。

「生憎《あいにく》の雨ですな」

棟梁が声をかける。

「棟梁、よいところに」

栄次郎は部屋に上がってきいた。

「以前、おゆうさんが人目を忍ぶように神田明神の裏手に行ったと仰ってましたね」

「ああ、そうだ」

「神田明神の裏手というと妻恋坂のほうでしょうか」

「俺が見かけたのは境内から裏門を出て行くところだった。たぶん、妻恋坂のほうだろうな」

「そうですか」

「おや、栄次郎さん。やっぱり気になるのか」

「ええ、まあ」

棟梁が勘違いをしているままに任せ、

「で、見かけたのはおゆうさんだけですか。男のほうは？」

「いや、おゆうさんだけだ。どこか、そわそわした感じだった」

「そうですか」

「そうそう、そういえば新黒門町《しんくろもんちょう》の薬種屋から出て来たおゆうさんを見たな」

　棟梁は思い出したように言う。

「薬種屋……。いつですか」

「四、五日前だったな。朝早くだ」

　手傷を負った次の日に違いない。偶然とは考えられない。やはり、おゆうは高樹清四郎といっしょにいるのだ。

　こうなったら、政五郎におゆうのことをきいてみようかとも思ったが、逃げられる心配があった。

　こういうときに新八がいてくれたら妻恋坂周辺をずっと張ってくれるのだが……。

「棟梁。妻恋坂辺りに政五郎頭取が持っている家作があるか知りませんか」

「いや、聞かないな」

「そうですか」

　三味線の音が止んだのも気づかなかった。いつの間にか、隠居が下がっていた。

「じゃあ、吉栄さん。お先に」

　棟梁が稽古場に向かった。

「吉栄さん、ずいぶん深刻そうだったが、何を話していたんだね」

隠居がきいた。

「おゆうさんのことです。どうやら、妻恋坂辺りにおゆうさんの相手の男がいるのではないかと、そんな話をしていたんです」

「おゆうさんを娘浄瑠璃語りにさせた男か」

隠居はそう決めつけている。

「ご隠居は妻恋坂辺りに政五郎頭取が持っている家作があるとか聞いたことはありませんか」

隠居にもきいた。

「さあ、ないな」

隠居はあっさり首を横に振った。

「さてと」

引き上げるために、隠居は立ち上がった。

「お疲れさまでした」

栄次郎は土間に下りた隠居に声をかける。

棟梁の渋い声が聞こえてくる。栄次郎はおゆうがどこにいるかを考えた。神田明神の境内を突っ切っていったのは裏門からそう離れていない場所だからか。いや、棟梁が見かけたとき、たまたまお参りをしてから高樹清四郎のところに行ったのかもしれない。

おゆうは当然、高樹清四郎が何をしているか知っているはずだ。だから、無事を祈ったとも考えられる。

そうなると、神田明神の裏門を出たことはあまり意味をなさないかもしれない。それでも、隠れ家が妻恋坂辺りにあるのは間違いないように思えた。

その後、棟梁が稽古を終え、代わって栄次郎が師匠の前に座った。

「吉栄さん、年明けの市村座ですが、『京鹿子娘道成寺《きょうかのこむすめどうじょうじ》』になりそうです」

新進の若い役者が踊るのだ。

「もう何度も舞台にかけているので心配はありませんが、いちおう御浚《おさら》いをしておきましょう」

「わかりました」

栄次郎は三味線を抱え、撥を持った。

師匠の家から唐傘を差して浅草黒船町のお秋の家に向かった。道はぬかるみ、高下駄の足も歩きづらかった。

お秋の家について、濯《すす》ぎの水をもらって足を濯いだ。ぬるま湯だった。

足を拭いてから部屋に上がった。手焙りが用意されていた。お秋がいろいろ気配りをしてくれているのだ。

窓辺に立ち、雨に煙った大川を見る。川面は見えなかった。

高樹清四郎、どこにいるのだ。おゆうさん、どこなのだ。栄次郎は心の中で呼びかけた。今頃、ふたりもこの雨を見ているところかもしれない。

今後、高樹清四郎が的場伊右衛門を斃《たお》すことが出来るかは疑問だ。的場伊右衛門はさらに万全な態勢を整えて迎え撃つはずだ。

今までもそうであったが、これからの襲撃はさらに無謀と言わざるを得ない。

襖が開いて、

「栄次郎さん」

と、お秋が声をかけた。

「音吉さんです」

お秋の後ろから音吉が現れた。

「雨の中を……」

栄次郎は頭を下げた。

「いえ、なんてことありません」

音吉は言ってから、

「じつは『宝屋』の清菊と会える算段がついたんです」

「ほんとうですか」

「ええ、春蝶師匠を贔屓にしてくださる大店の旦那が、頼みを聞いてくださって」

「それは助かります、ぜひ、お願いします」

「明日ですが、よろしいですか」

「ええ、だいじょうぶです」

「では、京町二丁目の裏長屋に来ていただけますか」

手筈を聞いて、栄次郎は階下まで音吉を見送った。

「まだ雨は止みそうにありません。気をつけてください」

「へえ。では、明日、お待ちしております」

音吉はそう言い、唐傘を広げ、雨の中を出て行った。

清菊ことお咲が何を知っているかわからない。また、知っていることでもどこまで話してくれるかわからない。

しかし、高樹清四郎の秘密に迫るにはお咲に会わなければならなかった。

栄次郎は部屋に戻ると、三味線を抱え、新内節の『蘭蝶《らんちょう》』の触りを弾いた。久しぶりに弾く新内に何カ所か手を忘れていたが、何度か繰り返すうちに思い出してきた。


翌日の夕方、栄次郎は吉原に向かった。

昨日来の雨は昼前に上がって、青空が広がっていたが、大門をくぐった頃には陽が落ち、薄暗くなっていた。

京町二丁目の裏長屋に春蝶師匠を訪ねた。腰高障子を開けると、音吉も来ていた。

「春蝶さん。ご無理を言って申し訳ありませんでした」

栄次郎は礼を言う。

「あっしじゃねえ。『湊屋《みなとや》』の旦那が快く引き受けてくだすったんだ。清菊の馴染みがあっしを贔屓にしてくださっている『湊屋』の旦那だったのは運がよかった」

「そうでしたか」

「栄次郎さん。きのうお話ししたように新内語りとして座敷に上がってもらいます。『湊屋』の旦那は一切《いっさい》承知です」

音吉が言い、着物と手拭いを差し出した。

栄次郎はさっそく白地に縦縞《たてじま》の着物に着替え、手拭いを吉原被りにした。

「似合いますぜ。どう見たって年季の入った新内語りだ」

春蝶が感嘆する。

「じゃあ、栄次郎さんは修業中の身という立場でごいっしょしてください」

「お願いします」

江戸町二丁目にある妓楼『宝屋』の清菊の座敷で『湊屋』の旦那が酒宴を設け、そこに新内語りを呼ぶという手筈になっているという。

暮六つ（午後六時）過ぎに、

「そろそろ行きますかえ」

と、春蝶が言った。

長屋の路地から京町二丁目の通りに出て、仲の町通りに向かう。そして、江戸町二丁目の町木戸をくぐった。

通りは客が大勢いて賑わい、張見世の前にはたくさんの男が群がっていた。

春蝶は『宝屋』の裏口から入り、台所の脇を通って内所《ないしょ》に向かう。多くの奉公人が立ち働いている。さながら戦場のような騒ぎだ。

内所に顔を出し、春蝶は楼主に挨拶をする。

「おや。ひとり多いな」

楼主は栄次郎に目を向けた。

「へえ、修業中の身でして、勉強がてら宴席に」

春蝶は説明をした。

「そうかえ」

楼主は鋭い目をくれた。

控えで、呼ばれるのを待っていると、廻し方の若い衆が春蝶を呼びにきた。二階の座敷でのことを取り仕切っている男で、宴席でもいろいろ世話をやいている。

梯子段を上がって二階の清菊の座敷に通された。

恰幅のよい男が床の間を背に酒を呑んでいた。『湊屋』の旦那であろう。眉毛が濃く、目尻が下がっていた。その横に、華やかな衣装の美しい女がいた。清菊であろう。

清菊は目を伏せている。

「春蝶、よく来た」

湊屋が声をかけた。

「『湊屋』の旦那、きょうはお招きありがとう存じます」

春蝶が頭を下げるのと同時に、音吉と栄次郎も頭を下げた。

「きょうは修業中の身の者を勉強がてらに連れてきました」

「うむ」

「まあ、一献」

湊屋が言うと、清菊の世話係である番頭新造《ばんとうしんぞう》の妓が春蝶に盃《さかずき》を渡し、酒を注いだ。

「ごちそうさまでした」

春蝶は返盃をする。

栄次郎は清菊の様子を窺う。常に目を下に向けていて、顔が合わない。栄次郎を見た反応で、高樹清四郎との関係がわかるのだ。

「では、聞かせてもらおう」

湊屋が口を開いた。

「へい」

春蝶と音吉が三味線を構えた。

春蝶のかんのきいた声に二丁三味線の音が情感たっぷりにからみつき、やるせない世界に聞くものを導く。

春雨の　眠ればそよと起こされて　乱れそめにし浦里《うらさと》は　どうした縁《えにし》でかのひとに逢うた初手《しょて》から可愛さが……

清菊の目に涙が光るのが見えた。苦界《くがい》に身を沈めた女の悲しみを見る思いだった。

春蝶が語り終えたが、一同は押し黙っていた。

「さすが春蝶は名人だ」

湊屋がやっと口を開き、

「さあ、呑め」

と、自分の盃を空けて春蝶に差し出した。

「ありがとう存じます」

栄次郎は清菊のほうに目をやった。清菊もこちらを見た。そのとき、清菊の顔色が変わったのがわかった。

口を半開きにし、茫然としている。

「旦那」

廻し方の若い衆が湊屋に声をかけた。

「こちらの修業中の御方に何かやっていただいたらいかがですか」

「とんでもありません。修業中の半端な芸をお聞かせするわけにはいきません」

　春蝶が抵抗した。

「いいじゃありませんか。これも修業じゃありませんか」

　この男、さっき清菊が顔色を変えたのに気づいていたのだ。何か疑っている。栄次郎はそう思い、

「師匠」

　と、声をかけた。

　栄次郎は目顔で訴える。

「まだ、修業中ゆえ、全編を語らせるわけにはいきませんが、触《さわ》りだけを」

　春蝶が湊屋に言う。

「出来るのか」

　湊屋が栄次郎に顔を向けた。

「はい。触りだけでしたら」

「よし、聞かせてもらおう」

　湊屋が目を細めて言う。

「『蘭蝶』の『お宮くぜつ』のクドキの箇所を。本手と語りはこの音松が」

春蝶が説明している間に、栄次郎は三味線を抱えた。栄次郎は三味線に枷《かせ》をかけ、上調子を受け持つ。

言わねばいとどせきかかる　胸の涙のやるかたなさ　縁でこそあれ末かけて　約束かため身をかため……

春蝶ゆずりのかんのきいた声で音吉が語り、やるせない音色の上調子を栄次郎が入れた。清菊が目を瞠《みは》っているのがわかった。

これで高樹清四郎ではないと気づいたはずだ。

語り終えると、湊屋が栄次郎を手招きした。

「見事だ」

湊屋が感心したように言い、盃を差し出した。

受け取ると、清菊が酒を注いでくれた。

廻し方の若い衆が部屋を出て行ったので、栄次郎は清菊に声をかけた。

「高樹清四郎どのとお知り合いのお咲さんですね？」

「えっ」

「黙ってお聞きください。高樹清四郎どのは江戸に来ています。詳しいわけはここでは申し上げられませんが、高樹清四郎どののふた親、妹、それに妹の許嫁の坂木一蔵の四人が殺されました。備中での清四郎どののことを知りたいのです。このままでは清四郎どのの身に危険が……」

「………」

清菊は言葉を失っている。

「わしが話を聞いて、お伝えしましょう。明日、昼前に小網町《こあみちょう》二丁目の『湊屋』までお出でください」

湊屋が請け合った。

「お願いします」

栄次郎は礼を言う。

春蝶は湊屋から祝儀をもらい、宴席から下がった。

『宝屋』の外に出てから、栄次郎は春蝶に礼を言う。

「助かりました。あとは清菊が湊屋さんにどこまで話してくれるかです」

「あのお侍さんが探していた妓に間違いないのですね」

「ええ、間違いありませんでした」

「春蝶さんと音吉さんのおかげです。落ち着いたら、改めて御礼にお伺いします」

「御礼なんていりませんよ」

これからまだ流して歩くというふたりと別れ、栄次郎は吉原をあとにした。

五

翌日、栄次郎は待ちかねて思わず足早になって、小網町に向かった。

思案橋《しあんばし》を渡り、小網町二丁目の海産物問屋『湊屋』の前にやって来た。間口の広い店で、屋根に黒光りした大きな看板があり、金色の文字で湊屋と書かれていた。

番頭ふうの男に声をかけると、話が通してあったらしく、すぐに女中を呼んで、客間に通してくれた。

客間で待っていると、湊屋が現れた。

「昨夜はいろいろありがとうございました」

栄次郎は礼を言う。

「いいえ。あれから、清菊から事情をききました」

湊屋はさっそく切り出した。

「高樹清四郎どのは、馬廻り役の高樹清兵衛《せいべえ》どのの子だそうです。清四郎どの自身も馬廻り役だといいます。それほど石高はなかったが、清兵衛どのは御家のために手柄を立てたことがあり、そのために扶持とは別に藩から手当てが出て、そこそこ裕福な暮らしだったようです」

栄次郎は黙って聞いた。

「お咲さんは在方の百姓の娘で、ご城下の外《はず》れにある料理屋で女中をしていたそうです。その料理屋に清四郎どのが通い、いつしか恋仲になったといいます。清四郎どのはお咲さんを嫁にする気だったそうですが、武士と百姓の娘との縁組は許されず、誰かの養女にしてということを考えたようですが、なかなか捗《はかど》らなかった。そんなとき、お咲さんの兄が博打《ばくち》で借財を背負い、田畑家屋敷をとられかねない状況になって吉原に身売りするようになったそうです。それが一年前だそうです」

「高樹清四郎どのの家族が殺されたことについては何か」

「いえ。ただただ驚いているだけでした」

「高樹清四郎どのは何か藩で重要なお役目についている、そのようなことは話していませんでしたか」

「いえ、何も。ただ、さっきも言いましたように、高樹家には扶持以外に、手当てが出ている。そのことを清四郎どのは自分でも不思議に思っていたようです。父親の清兵衛どのは御家を助けたことがあって、そのことの報奨だと清四郎どのに言っていたそうですが、何をしたのかははっきりしないそうです」

「家格以上の俸禄をもらっていたのですか」

「ええ、お咲さんが勤めていた料理屋は藩の重役方が利用する高級な店だったそうです。そこに通えるくらいの身入りがあったそうです」

「なるほど」

「で、お咲さんは、清四郎どのの家族が殺されたのは、その特別にもらっている手当てのことで何かあったのではないかと言ってました。やっかみとか、あるいはこれ以上の支払いを止めたいというひとたちの仕業《しわざ》ではないかと話していました」

「そうですか」

藩からの毎月の手当てとは何だろうか。藩の重役も認めているのであろう。清四郎の父親はそれだけのことをなし遂げたのか。

「以上が、私がきいた話です」

「よくわかりました」

「それから、逆にお咲さんからきかれました。清四郎どのは江戸で何をしようとしているのかと。なんとお答えしましょうか」

「敵討《かたきう》ちですか。わかりました。そうお伝えしましょう」

湊屋は答えてから、

「これは私がお聞きしたいことですが、清四郎どのは何のためにお咲さんを探しているのでしょうか」

「さあ、わかりません」

「身請けでもしようと……」

「いえ、それはないと思います」

清四郎は命を捨てて復讐に走ったはず。

「おそらく、最期の別れをしたかったのだと思います」

「最期の別れ？」

湊屋は眉根を寄せた。

「高樹清四郎どのはたったひとりで巨大な敵に臨んでいます。当然、命を捨てる覚悟が出来ているはずです」

「お咲さんには言いにくいですね」

湊屋はため息をついた。

「矢内さまは、またお咲さんにお会いするおつもりですか」

「いえ」

栄次郎はもう会う必要はないと思った。

「矢内さまは杵屋吉右衛門師匠のお弟子さんだそうですね」

湊屋が話題を変えた。

「師匠をご存じですか」

「はい、何度か市村座で。すると、あの舞台にも並んでいたのですね」

「いつもとは限りませんが」

「そうですか。今度はよく見ておきます」

湊屋は笑った。

「では、私は」

栄次郎は改めて礼を言って立ち上がった。

栄次郎は今の話を聞いて、高樹清四郎の正体に想像がついた。姿形だけでなく、境遇まで自分に似ているのではないかと、栄次郎は改めて思った。

もし、自分の想像したとおりだったら、高樹清四郎を排除しなければならない事態が世嗣の忠常に起こったということになる。

栄次郎は小網町から本町を経て須田町を抜け、筋違御門をくぐった。そして、明神下から妻恋坂に向かった。

この界隈に、高樹清四郎が潜んでいるはずだ。栄次郎は坂を上がり、妻恋町まで行く。その界隈を歩きまわったが、何もわからなかった。

だが、どこかに清四郎とおゆうがいるはずだ。栄次郎はそう信じている。

ふと、おゆうはなぜ、娘浄瑠璃語りになろうとしたのか。大工の棟梁や隠居は男の影響ではないかと言っていた。男が寄場に関わっている者だと見ているのだ。

だが、おゆうのそばにいるのは高樹清四郎だ。娘浄瑠璃とは無縁のはず。では、なぜおゆうは娘浄瑠璃語りになろうとしたのか。

ほんとうに自ら進んでなろうとしたのなら、いやいやるのではないという言い方はしないのではないか。

そこに何か条件が……。

（ひょっとして……）

栄次郎はおゆうの言葉を思い出した。娘浄瑠璃になるきっかけについて、おゆうはこう言った。

「鳶の叔父が寄場を作ったんです。でも、新しい参入でなかなかいい芸人さんが出てくれなくて……。そのためお客の入りも悪くて」

妻恋町から湯島天神方面に向かう。両脇に水茶屋が並び、やがて門前に寄場が見えてきた。

ここで、講釈や手妻、浄瑠璃などが演じられている。寄場の前には数人の客が集まっていた。寄場の木戸番が呼び込みをしている。

「ここの席亭にお会いしたいのですが」

栄次郎は呼び込みの男にきいた。

「お侍さんは？」

「矢内栄次郎と申します」

「席亭は伝兵衛店《でんべえだな》に住んでいる房吉《ふさきち》って方ですよ」

「伝兵衛店？」

「この近くでさ。さあ、いらっしゃい」

木戸番は客のほうに顔を向けた。

栄次郎は伝兵衛店に向かった。途中、下駄屋で場所を聞き、伝兵衛店の長屋木戸を入った。

二階家の長屋だ。房吉の家を捜し当て、腰高障子を開けて声をかける。

「ごめんください」

「へい」

奥から四十年配の男が出て来た。

「房吉さんはいらっしゃいますか」

「房吉はあっしですが」

膝をぽんと叩いて、男は上がり框《かまち》近くに腰を下ろした。

「すみません。ちょっとお尋ねします。じつは房吉さんとは直接は関係ないことで、恐縮なのですが」

栄次郎は詫びてから、

「妻恋坂あるいは妻恋町辺りに、寄場の席亭が住んでいるかどうかわかりませんか」

と、きいた。

「あの辺りにはいないはずですがね」

「いませんか」

「席亭でなくても、寄場に関わりのあるひともいませんか」

「さあ、聞いたことはありませんね」

「そうですか」

ほんの思いつきでしかなかったが、思いが外れて栄次郎は落胆した。

「誰かをお探しですかえ」

「ええ。『ほ』組の頭取の娘のおゆうさんのことで……」

「娘浄瑠璃語りになるおゆうさんですね」

「えっ、ご存じですか」

「それは、うちにも出てもらいたいと願っているんですからね」

「そんなに期待が大きいのですか」

「ああ、娘浄瑠璃の師匠真沙緒太夫《まさおだゆう》が太鼓判を捺《お》してます。絶対に人気が出るってね、なにしろ、あの器量ですからね」

「そうですか。おゆうさんが娘浄瑠璃をやろうとしたのは真沙緒太夫に乞われてなのですか」

「そうです。いつぞや、おゆうさんの長唄を聞いて、真沙緒太夫はすっかり惚れ込んだってわけですよ」

「おゆうさんは鳶の叔父が作った寄場にいい芸人が出てくれないのでお客の入りが悪いからと頼まれて……」

「そうですよ。その寄場に真沙緒太夫が出ていますが、客の入りが悪いようです。こう言っちゃなんですが、真沙緒太夫は歳が行きすぎている。若作りをして舞台に出ていますが、三十近い歳は隠せません。それで、真沙緒太夫がおゆうさんを鳶の叔父に推したんです」

「その寄場はどこにあるのですか」

「神田相生町《あいおいちょう》です」

「で、その叔父の住まいは？」

「同じ相生町ですよ」

「そうですか」

「そうそう、真沙緒太夫の住まいは妻恋町ですぜ」

房吉が思い出したように言う。

「えっ、真沙緒太夫が妻恋町に……」

思わず、そこだと栄次郎は叫びそうになった。

詳しい場所を聞き、栄次郎は房吉の家を辞去した。

湯島天神門前の通りを妻恋坂に向かい、そこから妻恋町に行った。房吉から教わった町筋を辿って行くと、目当ての一軒家が現れた。

すぐ横手は武家屋敷の塀が続いている。軒下に、真沙緒太夫の千社札が貼られた提灯がかかっていた。

栄次郎は路地を入って裏手に向かった。武家屋敷の塀伝いに裏口に行くことが出来る。おそらく、高樹清四郎はここを通って、真沙緒太夫の家に出入りをしていたのだろう。

再び、表に出た。ふと、視線を感じ、そのほうに目をやった。真沙緒太夫の家の二階だ。障子の陰に隠れたのはおゆうのような気がした。

よほど訪ねようかと思ったが、まだ確証はなく、へたに顔を出して警戒されるのもまずいと思った。

まず、ほんとうに高樹清四郎がいるのかどうか確かめる必要がある。今夜、もう一度出直すことにした。

栄次郎は真沙緒太夫の家から離れ、浅草黒船町のお秋の家に行った。

三味線の稽古の合間に、真沙緒太夫の家のことを考えた。二階の窓から覗いていたのはおゆうに違いないと思った。

高樹清四郎があの家にいることを確かめ、その上でおゆうに会う。おゆうを説き伏せて清四郎に引き合わせてもらうしかなかった。

部屋の中が薄暗くなっていた。栄次郎は三味線を置き、立ち上がった。

栄次郎は窓辺に向かった。障子を開けると、ひんやりした風が吹き込んだ。御厩河岸の渡し船が対岸の本所側を出て大川の真ん中辺りに差しかかった。

栄次郎は渡し船を目で追いながら、頭の中ではおゆうのことを考えていた。高樹清四郎を匿うことを条件に、おゆうは真沙緒太夫の懇願を受け入れ娘浄瑠璃になる決心をしたのではないか。

ふと大川端にひと影が現れた。こっちを見ている。夕闇にまぎれ、顔ははっきりわからないが、高樹清四郎のような気がした。

栄次郎は二階に駆け下り、表に飛び出した。

だが、ひと影が立っていた場所には誰もいなかった。栄次郎は辺りを探した。どこにも姿はなかった。

大川からの風が栄次郎を凍てつかせるように吹いた。栄次郎は清四郎が呼んでいるのだと思った。

第四章　死出の道

一

その夜、栄次郎は妻恋町の真沙緒太夫の家の前に立った。

深呼吸をし、栄次郎は格子戸に手をかけた。

「ごめんください」

戸を開け、奥に呼びかける。

すぐ物音がして、おゆうが顔を出した。

「栄次郎さん」

おゆうが泣きそうな顔をした。

「おゆうさん。高樹清四郎どのがいらっしゃいますね」

栄次郎はきいた。

「はい。お待ちしていました」

清四郎が栄次郎を待っていたというより、おゆうが引き合わせようとしたのかもしれない。

栄次郎は部屋に上がった。

「どうぞ」

おゆうは梯子段を上がった。

栄次郎が二階に行くと、若い武士が部屋の真ん中に正座をしていた。

刀を右脇に置いて、栄次郎は若い武士と向かい合った。細面《ほそおもて》で涼しげな目に鼻筋が通って引き締まった口許。気品のようなものが窺える。

「高樹清四郎どのですね」

栄次郎が先に口を開いた。

「はい。高樹清四郎です。矢内どののことはおゆうさんからお聞きしていました。一度、あぶないところをお助けいただきました」

そう言い、清四郎は頭を下げた。

「いえ。私は何度か清四郎どのに間違われましたが、やはり自分を見ているような気がします」

「まことに。おゆうさんからお聞きしたときにはまさかと思いましたが、これほど似た御方がいらっしゃるとは驚きでした」

「でも、こうしておふたりを前にすると、別人だとわかります」

おゆうが微笑んで言う。

「おゆうさん、早く私に言ってくれれば」

栄次郎はおゆうの顔を見た。

「私が止めたのです。私がやろうとしていることに巻き込んではならないと思いましたので。でも、どうやら、巻き込んでしまったようで……」

清四郎はすまなそうに頭を下げた。

「いえ、巻き込まれたのではありません。私は生来のお節介《せつかい》病なのです。自分から乗り出していっただけです」

「何から話していいか」

清四郎は迷った。

「まず、おゆうさんとのつながりから」

栄次郎はおゆうにきいた。

「ひと月ほど前、偶然に湯島天神でお見かけしたんです。てっきり栄次郎さんかと思って声をかけたらひと違いでした」

「江戸に出て来たばかりで、右も左もわかりません。その頃は、江戸の道を覚えるために湯島周辺を歩きまわっていました」

「水沢家の中屋敷の近くをですね」

「そうです。それで湯島天神に願掛けしたあと、おゆうさんと出会ったのです。天神さまの御利益だと思いました」

「そのときは、そのまま別れたのですが、それから十日ほどしてまた湯島天神でお会いしたのです。私はまた栄次郎さんと思って声をかけたら違ったのです。そのとき、私は師匠の真沙緒太夫といっしょでした。師匠から娘浄瑠璃に頻《しき》りに誘われていたんです。その師匠が清四郎さまの様子がおかしいと」

「様子が？」

「はい。確かに以前に見かけたときより、袴もよれよれで、月代《さかやき》が伸び、無精髭も生やしていました。なんだかとてもお困りのように思え、声をかけたんです。そしたら、旅籠《はたご》暮らしだとお答えになりました。師匠の家の二階が空いているのを思い出し、もしよろしかったらとお誘いしました。どうしても栄次郎さんが困っているように思えて」

おゆうは清四郎と出会ったいきさつを話した。

「私は一泊だけお世話になるつもりでした。私にはやらねばならないことがあるし、迷惑がかかるかもしれません。それで一泊して引き上げるつもりでした。でも、ずるずるとそのまま……」

清四郎がおゆうの声を引き取って答えた。

「清四郎さまは詳しい事情は話してくださいませんでした。ただ、家族の敵討《かたきう》ちだとだけ。私も師匠も、清四郎さまの悲壮な覚悟を知って、放っておけなくなったのです」

おゆうが口をはさんだ。

「その事情をわたしに話していただけますか」

栄次郎が請うた。

「それればかりは……」

清四郎は拒んだ。

「なぜですか」

「事情を知っては万が一のとき、迷惑がかかるかもしれません。知らぬほうがよいかと思います。ただ、栄次郎どのもお察しのように、私はあと的場伊右衛門と水沢家の忠常君を討たねばなりませぬ」

清四郎は厳しい顔で言う。

「お言葉ですが、たったひとりで的場伊右衛門と水沢家の中屋敷にいる忠常君を斃《たお》すことが出来るとお考えですか」

「………」

「備中屋や会田勘十郎らのようなわけにはいきません」

栄次郎は強い口調で言った。

「それでもやらねばならないのです」

清四郎は言い切った。

「あなたのふた親に妹、それに妹の許嫁の坂木一蔵の四人を斬ったのは会田勘十郎ら三人ですね。会田勘十郎ら三人を派遣したのが的場伊右衛門。的場伊右衛門にそれを頼んだのが備中屋、そして備中屋の背後に忠常君がいた……」

「どうしてそこまでご存じですか」

清四郎は驚いてきいた。

「なぜ、忠常君がそこまでしようとしたのか。それを解く鍵が、高樹家に月々遣わされる手当て」

「どうしてそこまで」

清四郎が唖然としたように言う。

「ある御方からお聞きしました」

「………」

「藩から遣わされているということでしたが藩からではありません。藩主からでは？」

「栄次郎どの、どうしてそこまで……」

「清四郎どのが私と同じ境遇だからです」

栄次郎はおゆうがいるので、それ以上は語らず、

「これまでの私の言うことに間違いはありませんか」

「ありません、そのとおりです」

清四郎は素直に認め、

「私はあの惨状がいまだに目にやきついています」

と、重たい口を開いた。

八月半ば過ぎのある夜、清四郎は馬廻り役の上役の屋敷に呼ばれ、五つ（午後八時）頃に三の丸の外にある屋敷に帰った。月影がさやかな夜だったが、明かりがないのは妙だった。

不思議なことに明かりが消えていた。

木戸門の片側が開いていて、玄関の戸も半開きになっていた。清四郎は胸騒ぎを覚え、土間に入ったとき、血の臭いを感じた。

異変を察し、清四郎は部屋に駆け上がった。すると、内庭に面した部屋で父と母が斬られて絶命し、隣りの部屋で妹が袈裟懸《けさが》けに斬られて死んでいた。

清四郎は絶叫したが、父も母も妹も息を吹き返すはずはなかった。まだ賊がいるかと思って庭に行くと、誰かが倒れていた。

月明かりに映し出された顔は妹の許嫁の坂木一蔵だった。微《かす》かにまだ息があった。

清四郎は抱きかかえ、

「一蔵、何があったのだ？」

と、問いかけた。

「よそ者の浪人が三人、押し込んできた」

絶え絶えの息の下で、一蔵は訴えたあとで事切れた。

「一蔵」

清四郎の叫び声が夜陰に響いた。

騒ぎを聞いた隣家の者が知らせ、ただちに町奉行所から与力と同心がやって来た。

その他に、組目付もやって来た。

清四郎は与力から事情をきかれ、

「帰って来たとき、屋敷は真っ暗でした。坂木一蔵が死に際に、よそ者の浪人が三人、押し込んできたと言いました」

「よそ者の浪人と言ったのだな?」

「そうです。旅籠を調べてください」

「わかった」

与力は配下の者に城の南にある旅籠町に向かわせた。

「ところで盗まれたものは?」

「わかりません」

組目付の畑伊十郎が戸棚を調べているのに気づいた。組目付は水沢家では家臣の犯罪を監察する。何を勝手に調べているのか、不快に思ったが、与力がさらにきいた。

「清兵衛どのはひとから恨まれるようなことは?」

「いえ、父はそんなひとではありません」

「なぜ、坂木一蔵がここに？」

「一蔵は妹の許嫁です。今夜、遊びにくることになっていました」

「そなたはなぜ、遅い時間に帰ってきたのだ？」

「急に上役に呼ばれ、お屋敷にお邪魔していたのです。もう少し、早く帰っていれば、こんなことにはならなかったはずです」

清四郎は悔やんだ。

「三人の浪人は金目当てだったかもしれんな」

それだけなら皆殺ししなくてもよかったはずだと、清四郎は思った。だが、他の目的が何かまでは考えがいかない。

いつの間にか、組目付の畑伊十郎の姿が見えなくなった。

「組目付どのはどこに？」

清四郎は与力にきいた。

「浪人の仕業なので、我らに任せたのであろう」

それにしては何を探していたのかが気になった。

半刻（一時間）後に、与力の配下の者が戻ってきた。

十数軒ある旅籠を当たったところ、三人連れの浪人が泊まっていたことがわかった。だが、浪人は昼過ぎに旅籠をあとにしていた。宿帳に記した名は偽名のようだった。ひとりは大柄で胸板が厚く、肩幅も広くて首が太かったと旅籠の主人は特徴を話した。

その三人は夜までどこかで過ごし、清四郎の屋敷を襲ったあと、そのまま夜道をどこぞに去ったと思われた。

父と母、そして妹の葬儀が終わり、寺に埋葬した。清四郎は涙が枯れていた。清四郎は墓の前で敵討ちを誓った。

町奉行所の探索で、三人の武士が山陽道を岡山《おかやま》のほうに向かったことがわかった。だが、町奉行所は追いつくことは出来なかった。

三人が何のために清四郎の屋敷を襲ったのか不明だった。清四郎は三人が泊まった旅籠の主人に会い、三人の様子を聞いた。三人は二泊したが、昼間はあまり外を歩きまわらず、夜になって出かけて行ったという。

行き先はわからない。三人は江戸の人間のようだったというので、江戸に帰ったのだと思われた。

清四郎は父と母、妹をいっぺんに失い、お役を務めることが出来なかった。

惨劇から五日後の夜、ひとりぼっちになった清四郎の屋敷に人目を忍ぶように百姓姿の年寄りが訪ねてきた。

土間で顔を見ると、父の朋輩《ほうばい》で坂崎卯平《さかざきうへい》という男だった。弔いにも参列してくれた卯平が百姓姿で現れたことに清四郎は不審を抱いた。

仏間で、清四郎は卯平と差し向かいになった。

「坂崎さま、どうかなさったのでございましょうか」

清四郎は訝《いぶか》ってきいた。

「家の中で何かなくなっているものはなかったか」

卯平がいきなりきいた。

「父が大切にしていた短剣がなくなっていました。父が昔、御家の危機を救ったときに褒美として殿さまから頂いたというものです」

「その短剣がなくなっていたのか」

卯平は厳しい表情で言った。

「はい」

「誰が盗んだのだ？」

「押し入った三人組だと思いますが」

「どこに置いてあったのだ？」

「仏間に桐の箱に入れて置いてありました。仏壇の下です。箱の中の短剣だけがなくなっていました」

「三人組の仕業だと言えるか」

ふと、組目付の畑伊十郎が部屋の中を探し回っていたことを思い出した。

「ひょっとしたら、組目付の畑伊十郎どのが……」

「なに、畑伊十郎がここにやって来たのか」

「はい」

「そうか……」

卯平は沈んだ表情をした。

「坂崎さま、何か」

「畑伊十郎は国家老の相崎惣右衛門《あいざきそうえもん》どのに連なる者だ」

「それが何か」

清四郎はぴんとこなかった。

「最近、相崎惣右衛門どのの屋敷に江戸の紙問屋『備中屋』から頻繁に付け届けがきているようだ」

「江戸の商人からですか」

「そうだ」

「なぜ、江戸の商人が相崎さまに？」

「『備中屋』の主人は江戸の中屋敷にいる忠常君と親しい」

「それが私とどのような関わりが？」

清四郎はきいた。

「うむ」

しばし考えていたが、卯平はおもむろに口を開いた。

「わしは清兵衛とは竹馬《ちくば》の友だ」

「はい」

何を今さらと思っていると、卯平は声をひそめて言った。

「そなたは清兵衛の実の子ではない」

「えっ」

清四郎は耳を疑った。

「清兵衛が所帯を持ってしばらくして、清兵衛夫婦に男の子が授かった。だが、ほんとうはもらい子だった」

「まさか」

悪い冗談だと思った。

「事実だ」

「信じられません」

清四郎は首を横に振る。

「清兵衛は固く秘密を守っていたからな。実の親のことはわしにも長い間、話そうとしなかった」

「…………」

「だが、あるとき、ついに打ち明けた」

「なぜ、ですか」

「清兵衛はある重大な話を聞かされたそうだ」

「誰にでございますか」

「御側役《おそばやく》だ」

殿と家老との取次ぎをする役目の重臣だ。

「なぜ、御側役が父に？」

清四郎は不安に襲われながらきいた。

「殿は忠常君の行状に不審を抱いているそうだ」

「………」

「忠常君は奉公に上がった女中を手込めにし、気に入らないと斬り捨てたり、まことに品性いやしく、上に立つ器量はないと嘆かれているそうだ。また、忠常君を非難する者はたちまち斬り殺されるという」

清四郎は言葉を失っている。

「つまり、殿は忠常君を跡継ぎから外し、別の者を立てようと考えているというのだ。そういう話を、清兵衛は聞かされたのだ」

卯平は清四郎の顔を真正面から見つめ、

「ここまで話せば、そなたの実の父親が誰かわかるな」

と、突き付けるようにきいた。

「嘘だ。そんなこと、信じろと言っても無理です」

清四郎は叫んだ。

「嘘ではない。そなたは殿が料理屋の女中に産ませた子なのだ。殿は生まれた子を引き取り、国元に送り、清兵衛夫婦に預けた。身分の証《あかし》が短剣だ。あの短剣は殿のものだ。そして、月々の手当ては藩からではない。殿から出ていたのだ」

「…………」

清四郎は思いがけないことでただ困惑するだけだった。自分が藩主の隠し子だと急に聞かされても、現実の話とは思えなかった。

「そなたの実の母親は江戸の浜町堀の近くにある小間物屋に嫁いだそうだ」

実の母と言われても、清四郎の母は高樹家の母しかいないのだ。

「私には他人事《ひとごと》でしかありません」

清四郎はやっと口にした。

「信じられないのも無理はない。わしとて、清兵衛の打ち明けを聞いても俄《にわ》かに信じることは出来なかった。だが、清兵衛一家が襲われたとき、わしはすべてを察した。敵は、そなたも含めて始末しようとしたのだ。たまたま、遊びにきていた坂木一蔵はそなたと間違われたのであろう」

卯平は苦しげに顔を歪め、

「殿は、立派に成長した清四郎を跡継ぎにしたいという思いを誰かに漏らされた。そのことが元ではないかと推測している。今度のことは忠常君の差し金だ。もちろん、証はない。だが、わしはそう思っている」

「誰が忠常君に伝えたのでしょうか」

「わしはきのう殿の信頼の篤《あつ》い重役のおひとりにお会いした。その重役もわしの話を聞いて頷いていた。そして、こう仰《おつしや》った。側室から漏れたのではないかと」

「側室？」

「直参の的場伊右衛門という者の妹が殿の側室で、江戸の下屋敷で暮らしている。今年は殿が出府の年。つい側室に漏らしたのではないかと思っている」

「直参の的場伊右衛門が忠常君とつながっていると？」

「いや。そこに備中屋が介在しているのだ」

「備中屋……」

「清四郎」

　いきなり、卯平が口調を変えた。

「ここに金子《きんす》を用意した。すぐにこの地を発《た》て」

「えっ」

「忠常派の者がそなたを抹殺しようとするはずだ」

「まさか」

「よそ者の浪人が襲ったというのは嘘で、清四郎が乱心し、家族を皆殺ししたのではないかという見方が、組目付のほうから出ているらしい。組目付の手に落ちたら拷問を加えられ、必ず殺される」

「私に逃げろと」

「そうだ。時期を待つのだ。来年、殿が国元にお帰りになるまで、どこぞで身を潜めているのだ。その間に、反忠常君派の方々に、今回の真実を知らしめ、対策を練っておく」

「そこまでの事態なんですか」

「そうだ。組目付のほうの動きが不穏だ。よいな、明日にも発つのだ。行くところがなければ、江戸の実の母親を探してみろ。母親の名はおさんだ」

「わかりました」

卯平は用心深く引き上げて行った。

翌日の未明、清四郎は旅装を整え、家を出た。

山陽道《さんようどう》に向かう途中、八幡《はちまん》神社に差しかかったとき、鳥居の内側に数人の侍が集まっていた。清四郎はとっさに暗がりに身を潜めながら鳥居に近付いた。

男たちの足元にひとが横たわっていた。あっと、声を上げそうになった。百姓姿の男は卯平だった。

卯平は斬られているのがわかった。鳥居の脇に、組目付の畑伊十郎がいた。清四郎は急いで道を変えた。

組目付の連中は明るくなるのを待って、清四郎の屋敷を急襲するつもりなのだ。清四郎は山陽道に出て江戸を目指した。

二

清四郎の話は続いた。

「江戸にやって来て、すぐ浜町堀の周辺にある小間物屋を探しました。高砂町《たかさごちょう》にある小間物屋のおかみさんがおさんさんだと近所のひとの話でわかりました。ところが、組目付のひとりが待ち伏せていました」

なるほど、それで浜町堀で侍が死んでいたのだと、栄次郎は得心した。

「私は敵を斃したものの、実の母のところに行けば、迷惑がかかると思い、訪ねることを辞めました。母はふたりの子どもにも恵まれて、仕合わせそうに暮らしていました。その仕合わせを崩したくなかったのです」

自分と同じだと、栄次郎は思った。

栄次郎の実の母親は川崎の旅籠屋の女将《おかみ》になっていた。栄次郎はその旅籠に行き、女将と会った。だが、相手も我が子だと気づいたはずだが、最後までそのことに触れずに別れてきたことがあった。

「それに、私は藩主の子だからといって、水沢家のあとを継ごうとは思っていません。私にとっての家族は高樹家のふた親に妹です。それに妹の許嫁まで殺した者を許すわけにはいきません。私は敵《かたき》をとるために江戸に出て来たのです」

清四郎は息継ぎをし、

「直参の的場伊右衛門の屋敷に浪人が三人いました。ひとりは大柄で胸板が厚く、肩幅が広い、首も太かったという旅籠の主人の特徴と一致しました。もはや、この三人を備中に派遣したのは的場伊右衛門に間違いないと確信しました。もちろん、その背後には備中屋と忠常君がいました」

「あなたは、藩主の忠則公に訴え出ようとは思わなかったのですか」

栄次郎は確かめるようにきいた。

「ええ。訴えたら、それこそ御家が真っ二つになって騒動が大きくなってしまうでしょう。それに、私の目的はあくまでも家族の敵討ちです。御家騒動に興味はありません」

清四郎は言い切り、

「備中屋と会田勘十郎ら三人を斃し、残るは的場伊右衛門と忠常君」

「ただ、警戒が厳重ですし、このふたりを殺《や》るのは至難の業《わざ》のような気がします」

「承知しています。でも、やらねばならないのです」

清四郎は悲壮な覚悟を見せた。

「栄次郎さん」

おゆうがはじめて口を開いた。

「どうか、清四郎さまにお力を」

おゆうは熱い眼差しを向けた。

「栄次郎どの、このとおりです」

清四郎は頭を下げた。

「ふたりを斃したあと、あなたはどうするつもりですか」

栄次郎は確かめた。

「そこまで考えていません。今後のことはわかりませんが、水沢家に戻るつもりはありません」

「なぜですか」

「仮に、私が戻れば、いろいろ処分を下さなければならないひとが出て来るでしょう。

それこそ、混乱のもとです」

清四郎の決意は固そうだった。

的場伊右衛門はこのままで済むわけはない。御徒目付の取り調べがはじまれば、いずれ裁きは免れない。切腹ということになろう。

また、水沢忠常にしても、このような人物が藩主になることは家臣にとっても領民にとっても不幸だ。

忠常をこのままにしていては、大きな御家騒動に発展しかねない。栄次郎はもともとそのつもりだったので、

「わかりました。手を貸しましょう」

と、応じた。

「かたじけない」

清四郎は頭を下げた。

「栄次郎さん」

おゆうが涙を浮かべていた。

「栄次郎どの。お手を貸していただくにしても、いっしょに闘っていただきたいとは思っておりません。敵討ちはあくまでも私ひとりで行ないます。ただ、出来ましたら、

的場伊右衛門の動静を探っていただけたらと」

「的場伊右衛門は直参です。私の兄は御徒目付なので、的場伊右衛門の不逞《ふてい》にはもの申すことが出来ます」

栄次郎は請け合った。

「助かります」

栄次郎はお咲のことを知らせようとしたが、おゆうがいたのでためらった。

「栄次郎さん」

おゆうが真顔になって、

「もうひとつお願いがあります」

と、切り出した。

「なんですか」

「新内語りの春蝶さんは吉原にいらっしゃるのですね」

「ええ、吉原の中に住んで、新内語りをしています。それが？」

「じつは、清四郎さまはお探しになっているひとがいらっしゃるのです」

「おゆうさんはそのことをご存じでしたか」

「えっ？」

おゆうは怪訝そうな顔をした。

「じつは、最初は私が吉原に出没していると思われたのです。それはともかく、清四郎どの。お咲さんは見つかりましたよ」

「どうして、それを？」

清四郎が目を瞠った。

「お咲さんは『宝屋』という妓楼に清菊という源氏名で出ています」

栄次郎はお咲に会った経緯を話した。

「そうですか。達者でしたか。それがわかっただけでも安心しました」

「清四郎さま、よろしいのですか。お咲さんをこのままにして」

「仕方ありません。これも定めです」

清四郎は観念したように言う。

「清四郎どの。よいですか、敵を討ったとしても死んではいけません」

栄次郎は強く言う。

「はい」

「では、今夜さっそく、的場伊右衛門のことで兄と相談してみます」

栄次郎は立ち上がった。

階下におゆうもいっしょに下りてきた。

「では」

土間に下りると、おゆうも外までついてきた。

「おゆうさん、寒いですから」

「いえ、だいじょうぶです」

「ひとつ、おききしていいですか」

栄次郎はおゆうの顔を見た。

「娘浄瑠璃のことですか」

おゆうのほうから口にした。

「ええ。真沙緒太夫から乞われたそうですが、おゆうさんは清四郎どのを助けたいために、そのことを条件にして？」

おゆうは俯いた。

「そうなんですね」

栄次郎は確かめる。

「清四郎さまを……」

おゆうは迷ってから、

「栄次郎さんが困っているとしか思えなかったんです。私の中では、清四郎さまと栄次郎さんがいっしょになっていて。栄次郎さんのためならという思いで……」

「おゆうさん」

「でも、今は娘浄瑠璃を本気でやる気になっています。師匠の家に住み込んで、朝から晩まで稽古をつけてもらっています」

おゆうはふいに厳しい顔になって、

「私は清四郎さまに望みを叶えていただきたいのです。お咲さんのことはお金の絡むことですから難しいと思います。でも、年季明けまで待って添い遂げられればと思っているのです」

「なぜ、そこまで？」

「それは……」

おゆうは言いよどんだが、栄次郎の顔をきっと睨むように見て、

「私が叶わなかった夢を、清四郎さまとお咲さんに託したいのです。失礼します」

と一気に言い、急いで踵を返し、真沙緒太夫の家に引き上げて行った。

栄次郎は胸が切なくなっていた。

それから屋敷に帰ると、すでに兄は自分の部屋にいた。

「兄上。よろしいですか」

栄次郎は声をかけ、兄の返事を待って襖を開けた。

兄は文机の前に座っていた。書類を見ていたわけではないようだ。考え事をしていたのだろう。

栄次郎が部屋に入って腰を下ろすと、ようやく兄は立ち上がった。

「兄上、何か考え事を？」

「うむ。的場伊右衛門どののことだ」

「何かございましたか」

「きょう的場どのの屋敷に赴き、賊に襲撃を受けた件を問い質《ただ》したが、のらりくらりと言い逃れるだけで、肝心なことを言おうとしない。自分の妹が水沢家に奉公していることを面白く思わぬ者が襲ってきたのではないかと言う」

「そうですか。じつは兄上、高樹清四郎に会うことが出来ました」

「まことか」

「はい。高樹清四郎は水沢家の忠則公の隠し子だそうです」

清四郎から聞いた話をつぶさに話して、

「この事実が明らかになれば、的場さまはいかがなりましょうか」

「もちろん切腹。的場家はお取り潰しになろう」

「そうですか」

栄次郎は一拍の間を置いてから、

「兄上、この件の始末、私に任せていただけませぬか」

と、頼んだ。

「何をするのだ?」

「的場さまひとりに責任をとっていただき、的場家は存続出来る道を探りたいと思います。その後始末を兄上にお願いできればと」

栄次郎は自分の考えを述べた。

兄は少し考えた末に、

「あいわかった。思うようにやってみるがいい。あとのことは心配するな」

「ありがとうございます」

栄次郎は兄の許しを得て、自分なりの解決策を試みることになった。

三

翌日の早朝、栄次郎は牛込の的場伊右衛門の屋敷を訪問した。

玄関に立ち、応対に出て来た用人に、

「私は御徒目付矢内栄之進の弟で栄次郎と申します。的場さまにぜひお会いしたく、お取次ぎを……」

「申し訳ござらん。殿はいま気分が優れず臥せっておられます。どなたにもお会いすることが出来ませぬ。改めてお出でいただきたい」

「大事なことです。水沢家に関わることだとお伝えください」

「水沢家ですと」

白髪の目立つ用人は目をしばたたき、

「少々、お待ちを」

と、あわてて奥に向かった。

しばらく待たされたが、用人が戻ってきて、

「どうぞ、お上がりください」

と、勧めた。

栄次郎が刀を外して式台に上がると、

「申し訳ありません。差料をお預かりさせていただきます」

栄次郎は大刀を預けた。

「どうぞ」

栄次郎は用人のあとに従った。

「こちらでお待ちください」

栄次郎は客間に通された。

「すぐ参ります」

そう言い、用人は出て行った。

寒々とした部屋だ。栄次郎は正座をし、じっと待った。

客間は玄関に近いところにあったが、ちらっと見た奥のほうはかなり贅《ぜい》を尽くした造りになっているように思えた。

内証が豊かなことが窺えた。

「失礼します」

声がし、襖が開いた。

「遅くなり申し訳ありません」

若い侍が手焙りを持ってきた。十五、六歳のようだ。

「かたじけない」

栄次郎は礼を言ってから、

「失礼ですが、的場さまの？」

「はい。長子で廉太郎《れんたろう》と申します」

若い侍は丁寧に挨拶をして部屋を出て行った。

四半刻（三十分）ほど待って、ようやく的場伊右衛門が現れた。三十半ばだろう、精悍な顔つきで、がっしりした体をしている。

「用件を聞こう」

「じつは話し合いに来ました」

「話し合い？」

「高樹清四郎がなぜ的場さまを襲うのか、おわかりだと思いますが」

「理不尽なことだ」

「理不尽ですか」

「そうだ。わしの末の妹が忠則公の側室になっている。そのことに不満を持った家中の者がわしを逆恨みしているのだ」

「的場さまは神楽坂にある小野派一刀流の細田剛太夫剣術道場に通っておられたそうですね」

「それがどうした？」

「この八月、会田勘十郎、溝口、河田という三人の門弟が道場を辞め、備中に行きました。ご存じですか」

「知らぬ」

「会田勘十郎ら三人は水沢家の城下に行き、高樹清四郎の屋敷を襲い、清四郎の父親と母親、そして妹と許嫁の坂木一蔵の四人を殺しました」

「なんの証があってそのようなことを……」

「ご城下の旅籠に泊まった三人の浪人と特徴が一致しています」

「それだけでは証とは言えまい」

「ところで、なぜ、的場さまはこの三人を屋敷に住まわせたのですか」

「用心棒として雇ったのだ」

伊右衛門は憤然として、

「このような話をしにきたのか。くだらん」

と、腰を浮かせた。

「お待ちください」

栄次郎は伊右衛門を引き止め、

「高樹清四郎が何者かご存じですか」

「知らぬ」

「忠則公が料理屋の女中に産ませた子です」

「…………」

「備中屋は水沢家の世嗣忠常君に近付き、忠常君が藩主になった暁には御用達に
……」

「もうよい。そのような作り話を聞いても仕方ない」

「高樹清四郎が忠則公に直談判に及んだのならいかがなりましょうか」

「なに？」

「私は清四郎に上屋敷に駆け込むように勧めております。清四郎は今は迷っておりますが、これ以上手が出せないのであれば、そうするのではないでしょうか」

栄次郎ははったりを口にした。案の定、伊右衛門は顔色を変えた。

「もし、そうなれば、的場さまが備中屋に頼まれ、会田勘十郎ら三人を備中に刺客と

して送ったことが明らかになりましょう」

「わしはそんなことはしておらぬ」

「確かな証はなくとも、周囲の動きからも疑惑は免れません。的場さま、私が心配しているのは的場家の今後です」

「………」

「もし、的場さまに高樹清四郎暗殺の疑いがかかれば、的場さまの切腹だけではすみません。御家断絶もありえましょう」

伊右衛門は目を剝いて何か言い返そうとした。だが、口を半開きにしたままだった。

「的場さま。このままなら、必ずそうなります」

栄次郎は強い口調で言い、

「失礼ながら、もはや的場さまに残された道は三つしかありません。まずは、高樹清四郎を斬ること。高樹清四郎さえいなくなれば、今回の件はうやむやに出来ましょう。しかしながら、高樹清四郎を斬る前に、上屋敷に駆け込まれたら終わりです。第二は、的場さまがお腹を召されることです」

「無礼な」

伊右衛門は眦《まなじり》を決した。

「そうなさらねば、的場家は断絶の道を辿ります」

「うっ」

伊右衛門は呻いた。

「しかしながら、私は第三の道を進言いたします」

「なんだ?」

「高樹清四郎の狙いはあくまでも敵討ちです。的場さまは細田剛太夫剣術道場で師範代を任せられるほどの剣客と承《うけたまわ》っております。そこで」

栄次郎は膝を進め、迫るように、

「高樹清四郎と剣で決着をつけられたらいかがでしょうか」

「剣だと? 果たし合いをしろということか」

「はい。もし、的場さまが勝利すれば、今回の件はすべて幕引きが図れましょう。万が一、的場さまが敗れ、一命を落としたとしても、的場家の存続は叶いましょう」

「…………」

伊右衛門は厳しい顔になった。

「いかがでしょうか」

「これは、そなたの考えか」

「はい。出すぎた真似かと存じましたが、あくまでも的場家の存続にまで問題が及ばぬようにするにはこれしか手がないと考えました」

「高樹清四郎は何やら誤解しているようだ。だが、そう思い込んでいるなら剣で決着をつけるしかあるまい。いいだろう。そなたの申し入れを受けよう」

「ありがとうございます。申し上げるまでもありませんが、一対一の果たし合いでございます」

「わかっている」

伊右衛門は厳しい表情で、

「もし、わしが敗れた場合、的場家に大事はないな」

「はい。御徒目付の兄矢内栄之進が身命《しんめい》を賭して的場家をお守りいたします」

さっき会った長子の廉太郎を思い出し、つい声に力が入った。

「的場さまに日時、場所はお任せいたします」

「わかった。では、明日の宵五つ（午後八時）。場所は順光寺《じゅんこうじ》裏としよう」

「順光寺ですか」

「いつぞや、奴がそこの山門から飛び出してきてわしを襲った。その寺の裏は野原だ」

「わかりました。では、そこで」

栄次郎は立ち上がり、玄関に向かった。

玄関に廉太郎が栄次郎の刀を持って待っていた。

「どうぞ」

廉太郎が刀を寄越した。

「かたじけない」

礼を言い、栄次郎は的場家をあとにした。

なんだかやりきれなかった。廉太郎のようないい長子に恵まれながら、的場伊右衛門はなぜ、備中屋の誘惑に負けたのか。

それほどまでに金が欲しかったのか。

備中屋は、妹が忠則公の側室であることを知り、的場伊右衛門に近付いたのであろう。惜しげもなく付け届けをし、伊右衛門の歓心を買ったのであろう。と、同時に世嗣の忠常君にも近付いていた。

備中屋が水沢家の御用達になれば、さらに多くの付け届けがもらえる。伊右衛門はそのことを期待していたのだろうか。

さらなる出世か。的場伊右衛門は勘定組頭の役職に満足していなかったのか。勘定吟味役、さらには勘定奉行への栄達を望んで上役への付け届けをしていたのかもしれない。備中屋はそこに付け入ったのだ。

途中、栄次郎は順光寺に足を向けた。山門をくぐり、境内に入る。本堂の脇から裏に向かう。

裏口の戸に閂《かんぬき》がかかっていた。

栄次郎は山門を出て、裏にまわった。雑草が生えた野原だった。夜ともなれば闇に包まれるだろうが、端のほうに木立があるだけだから月が出れば明るいだろう。明日は満月だ。果たし合いには申し分ないと思った。

牛込から妻恋町の真沙緒太夫の家にやって来た。

二階の部屋で、栄次郎は清四郎と差し向かいになった。

「的場伊右衛門さまと一対一の果たし合いをすることで話をつけてきました」

栄次郎は切り出し、自分の考えを述べた。

「明日の宵五つ、順光寺の裏ということです」

「それにしても、よく伊右衛門は応じましたね」

清四郎は不思議そうにきいた。

「それだけ、的場さまも追い詰められていたということでしょう。的場家の安泰を約束することで、的場さまを果たし合いの場に引きずり出すことが出来ました。清四郎どのが万が一、敗れたらこの件はうやむやのうちに終わることになります」

「わかりました」

清四郎は応じてから、

「何から何まで……」

と、深々と頭を下げた。

「的場さまは道場でも師範代を任せられるほどの腕前だったそうです」

「はい、一度剣を交えたとき、その腕前に気づいています」

清四郎は言ってから、

「今宵、吉原に行ってきます」

「お咲さんに会いにですか」

「はい。最期に、一目会いたいのです」

清四郎は死を覚悟しているのだ。

「会えば、お咲さんのほうが辛くなるのではありませんか」

「………」

「生き抜いた上で、会いに行くべきではありませんか」

「的場さまに勝ったとしても、中屋敷にいる忠常君を討つのは難しいでしょう。仮に討ち果たしたとしても、中屋敷からは無事出て来られるとは思っていません」

「…………」

「でも、最後に栄次郎どのと知り合えたこと、仕合わせだと思っております」

「顔が似ているだけでなく、同じ境遇ゆえ、他人事とは思えないのです」

大御所治済が父親だと言ったら驚くだろうか。いや、清四郎はそういうことにあまり興味はないようだ。

忠則公のことに関してもまったく関心がないようだった。

「江戸に来て、おゆうさんに出会い、栄次郎どのと出会ったこと、私の宝として家族のもとに行くつもりです」

「死んではいけません。あなたには生き抜いて欲しいのです」

「いえ、これが私の定め。屋敷に帰って、父たちの惨殺死体を見たときから私の運命も変わったのです」

清四郎は厳しい顔で、

「栄次郎どの。明日の夜は私ひとりで赴きます。仮に私が斬られても、そのままに捨ておいてください。決して仕返しはお考えにならないように」

「清四郎どの」

「明日の夜を勝ち抜いたら、明後日には中屋敷に踏み込むつもりです。いずれにしろ、私の命はあとふつか」

清四郎は悲壮な覚悟で言い、

「おゆうさんや栄次郎どのに何の恩返しも出来ないことが心残りです」

と、深くため息をついた。

階下から、おゆうの浄瑠璃の声が聞こえる。稽古を受けているのだ。

その声にしばし耳を傾けていた清四郎は、

「おゆうさんの舞台を観てみたかったのですが……」

「あなたが生きて行く道はないのですか」

「いえ、修羅を燃やして生きている今の自分を鎮めるには、復讐を終えてからの安らかな死しかありません」

「…………」

「ただ、悔しいのは、どうして平穏に暮らしている私たち家族に不幸が舞い込んできたのか。私は忠則公を父だと思ったこともなければ、藩主になろうなどと思いもしません。そんなことは私には無縁のことでした。ただ、平凡な暮らしが出来れば仕合わせだったのです。そのことが悔しくてなりません」

家族のことを思い出したのだろう、清四郎の目尻が濡れていた。

おゆうの語りが哀切をもって耳に入ってくる。

「清四郎どの。明日、お迎えにあがります」

栄次郎が言うと、清四郎は首を横に振った。

「栄次郎どの。あとは私ひとりで十分です。思いがけぬ事態なって栄次郎どのに迷惑がかかるようなことになってはなりません」

「万が一、的場伊右衛門さまが裏切り、仲間を連れてきたら、そのほうは私が対処します」

「いえ、そのときはそのとき。栄次郎どの、これ以上私に関わることは不幸を招くことになりましょう」

「構いません」

「いえ、そうなったら、私はさらなる苦痛にさらされることになります。栄次郎どのには万が一のとき、私を匿ったということでおゆうさんに災いが降りかからぬよう守ってあげてください」

「しかし」

「このとおりです。決着は私ひとりでつけさせてください」

清四郎は畳に手をついて言った。

「わかりました。では、陰ながら武運を祈っております」

栄次郎はそう言うしかなかった。


その夜、栄次郎は兄と差し向かいになった。

「明日の夜、的場伊右衛門さまと高樹清四郎どのは神楽坂の近く寺で果たし合いをすることになりました。私がそのように仕向けました」

栄次郎はそのわけを語った。

「高樹清四郎どのが復讐をなしとげ、的場家の断絶を防ぐにはこれしか手立てがないと思いました」

「うむ。だが」

と、兄は難しい顔をした。

「高樹清四郎が的場伊右衛門どのを斃してくれればいい。伊右衛門どのの罪を明るみに出さず済ますことも出来よう。だが、伊右衛門どのが勝った場合だ」

兄は一拍の間を置き、

「備中屋に唆《そそのか》されたのだとしても、自分の知り合いの浪人を備中に派遣して清四郎の家族を皆殺しにした所業を許すわけにはいかぬ」

「しかし、的場伊右衛門さまが刺客を送ったという証はありません。清四郎どのが生きていえさえすれば明らかに出来ましょうが、死んだとしたら……。水沢家が勝手な理屈をつけてくると思います」

「うむ」

兄は唸った。

「では、的場伊右衛門どのが勝利した場合には罪を追及出来ぬということか」

「そうなる公算が大きいと言わざるを得ません。なにしろ、水沢家で起きたことから発しているのですから」

「………」

兄はため息をついた。

「兄上。ともかく、明日を待ちましょう」

「そなたはどうするのだ？」

「清四郎どのからは拒まれましたが、ひそかに果たし合いの場所に行くつもりです。

でも、ふたりの対決に加わることはしません。たとえ、清四郎どのが斬られそうになったとしても……。私は万が一、的場伊右衛門さまに助っ人がいたら、その連中と闘います」

「それにしても、なぜ的場伊右衛門どのは備中屋などに……」

兄は不快そうに顔を歪めた。

「的場伊右衛門さまは栄達を求め、備中屋からもらった金を上役への付け届けにしていたのではないでしょうか」

栄次郎は伊右衛門の気持ちを推し量る。

「剣の腕が立ちながら、勘定奉行勝手方を目指したのも立身出世が望めるからではないかと思います」

「そんなに栄達したかったのか」

兄は侮蔑するように口許を歪めた。

「的場伊右衛門さまを擁護する気はありませんが、一子廉太郎どのは礼儀正しい若者でした。的場家が断絶して、あの若者を路頭に迷わせたくないのです」

「確かに、やったことからしたら的場伊右衛門どのは改易になるだろう。そうなれば妻子は不憫だ」

兄は腕組みをして目を閉じた。

兄は栄次郎の考えを反芻《はんすう》しているのだろう。やがて、目を開け、腕組みを解いた。

「あれこれ考えてもはじまらん。そなたの言うように、明日を待とう。今後のことを考えるのはそれからだ」

「はい」

「栄次郎、気をつけてな」

兄は心配そうに言う。

「わかりました」

栄次郎の心は明日に向かっていた。

四

翌日の夜、空は晴れ、満月が明るく輝いていた。

栄次郎は早めに来て、辺りを警戒しながら順光寺の山門をくぐった。境内に人影はない。庫裏のほうに明かりが見えた。

本堂の脇から裏に向かう。きのう確かめていた裏口に向かう。風が出て来て、植込みの葉が揺れた。

裏口の戸を見て、栄次郎はあっと声を上げそうになった。閂が外れていた。栄次郎は戸の隙間から外を見た。

空き地が見え、月影が数人の武士を浮かび上がらせていた。五人いる。

まだ刻限には間があり、高樹清四郎と的場伊右衛門の姿はない。やがて、武士がこっちにやって来た。

栄次郎は横の植込みの中に身を潜めた。やがて黒い影が裏口から境内に入ってきた。五人全員が入り、戸を閉めた。

それから、武士はたすき掛けをし、袴の股立《ももだち》をとった。水沢家の家臣だと思った。的場伊右衛門が呼び寄せたのか。新たな用心棒では心もとなく思い、水沢家に助太刀を頼んだのか。

伊右衛門が不利になったとき、飛び出して行くつもりで、この裏口で待ち構えているのだろう。

栄次郎はその場を離れた。植込みをさらに奥に行き、塀際に沿って本堂の反対側にまわって山門に向かった。

辺りに注意を払いながら、寺の裏手にまわる。だが、そのまま空き地に踏み入れば、助っ人の侍の目に入ってしまう。

遠回りをして暗がりを這うように寺と反対側にある木立に向かった。その中の銀杏《いちょう》の樹の脇に身を隠した。

空き地の向こうに寺の裏口が見える。月影さやかに無人の空き地を照らしている。まだ、ふたりともやって来ない。じっとしていると底冷えがしてくる。ときたま体を動かし、手は懐に入れて温める。

それから四半刻（三十分）後、黒い影が月明かりに映し出された。高樹清四郎だ。ゆっくり空き地の真ん中辺りまでやって来た。

清四郎はその場に立ち、伊右衛門の到着を待った。強い風が西から叢雲《むらくも》を運んできて、やがて月を隠した。

雲が流れ、再び月影が射したとき、ゆっくり人影が空き地の真ん中に向かってくるのがわかった。

的場伊右衛門だ。伊右衛門は清四郎に近付いた。

「高樹清四郎か」

伊右衛門の声が風に乗って聞こえた。

「的場伊右衛門。父と母、妹、それに坂木一蔵の敵《かたき》を討つ」

清四郎が応じる。

「そなたが、忠則公の落とし胤《だね》であったことが不幸だったのだ。すべての不幸のもとはそなたの実父忠則公にある」

「詭弁《きべん》を弄するな」

「詭弁ではない。今度のこととて、忠則公は忠常君を排し、そなたを跡継ぎに考えた。そこからはじまったこと」

「なぜ、忠則公のお心がわかるのだ？」

「わしの妹が忠則公の寵愛を受けている。妹が聞き、すぐにわしに教えてくれた。忠常君に次期藩主になってもらわねばならぬ。だから、そなたを始末するように備中屋から頼まれ、道場の仲間に暗殺を依頼したのだ。よそ者の浪人が押し入って一家を惨殺したということであれば、ことの真相は隠せるからな。だが、会田勘十郎らは大きな失敗をした。坂木一蔵をそなたと思い込んでしまったことだ」

「会田勘十郎らは私の屋敷をどうやって知ったのだ？」

「江戸を発つとき、会田勘十郎に組目付の畑伊十郎どのを訪ねるように伝えた」

「やはり、畑伊十郎か」

「この件は、当然忠常君も承知のことだな」

「そうだ。備中屋と忠常君とで決め、備中屋がわしに手を貸すように求めてきたのだ」

「なぜ、そなたは備中屋とつるんだのだ」

「わしは栄達を望んだ。そのためには上役への賄賂《まいない》がいる。備中屋がその金を出してくれることになっていたのだ。だが、それもそなたのせいでだめになった。わしこそ、そなたが憎い」

「逆恨みか」

清四郎は吐き捨て、

「的場伊右衛門、いざ」

と、刀の柄に手をかけた。

「よし」

伊右衛門は羽織を脱いだ。下はたすき掛けだった。

伊右衛門は剣を抜いて正眼に構えた。清四郎は抜き打ちに、伊右衛門に向かって鋭く斬り込んだ。

伊右衛門は後退って剣を弾き、さらなる攻撃を右にまわりながら避けた。清四郎の剣は何度も空を切った。

「まずい」

思わず、栄次郎は口にした。

清四郎は気負いすぎ、体の余分なところに力が入りすぎて滑らかな動きが出来ずにいる。

(落ち着け)

飛び出して、清四郎に注意を呼びかけたい衝動に駆られたが、栄次郎は堪《こら》えた。

伊右衛門が攻勢を仕掛け、清四郎は右左に動いて相手の攻撃を避けた。清四郎は圧倒されながらも、徐々に体勢を立て直していった。

やがて、両者は正眼に構え、今度は一転して動きがなくなった。最前までの目まぐるしい動きは消え、ふたつの影が向かい合ったままじっとしていた。

最初に動いたのは清四郎だった。足を踏み込みながら上段に構えて伊右衛門に向かって突進した。伊右衛門もすかさず相手に飛び込んで行く。

剣と剣が激しくかち合い、やがて鍔迫《つばぜ》り合いになったままぐるぐるまわり、さっとふたりは後方に飛び退いた。

再び、正眼に構えた。風が吹くのも、寒さももはや関係なくなっていた。風が何かを舞い上げたが、ふたりに変化はない。ふたりの意識の中にはお互いが相手しか見えていないようだ。

そのまま時間が経過する。ふたりとも動けずにいる。月が雲間に隠れ、辺りが暗くなったが、すぐ雲が切れて、月影が射した。

両者の間合いが詰まっていた。やがて、どちらかが仕掛ける。そんな緊迫した空気が流れる。

いよいよ斬り合いの間に入った。だが、まだ、どちらも仕掛けようとしなかった。先に動いたほうが負ける。そんな気がした。

また、叢雲が流れてきて、月にかかろうとしていた。栄次郎は雲が月を覆ったときが勝負だと思った。

間合いはさらに詰まった。ふたりの足元に影が迫った。その刹那、両者が同時に裂《れっ》帛《ぱく》の気合もろとも斬り込んだ。

月が隠れ、辺りは一瞬闇に包まれた。闇は長く続かず、月影が射したとき、両者の体は入れ代わっていた。

そのまましばらく対峙していたが、やがて伊右衛門の体がぐらっと揺れた。伊右衛門が倒れると、清四郎は近付き、胸を突き刺した。

そのとき、寺の裏口から武士が飛び出して来た。

「清四郎どの、こっちへ」

栄次郎は声をかけた。

清四郎は素早く駆けてきた。

「あとは任せて」

「かたじけない」

清四郎が闇に紛れたあと、栄次郎は剣を抜いて飛び出した。五人は伊右衛門の死を確かめてから栄次郎に向かってきた。

「乱心者、高樹清四郎」

五人はいっせいに剣を抜いた。

「的場伊右衛門さまに頼まれたのか。いや、そうではないな。だったら、もっと早く飛び出して来たはず」

栄次郎は伊右衛門が助っ人を用意したわけではないと思った。

「誰に命じられた？　畑伊十郎か」

栄次郎は問い詰めるようにきいた。

「問答無用」

ひとりが斬りつけてきた。栄次郎はその剣を弾き、さらに真横から斬り込んできた剣を身を翻《ひるがえ》して避けた。

「そなたたち、ここで死体を晒していいのか。水沢家に疵《きず》がつかぬのか」

栄次郎が怒鳴ると、一瞬臆したように相手の動きが止まった。

そのとき、空き地を囲むように提灯の明かりがいくつも揺れた。

「退け、御徒目付である」

兄栄之進が駆けつけてきた。

「兄上」

栄次郎は目を瞠った。

「退け」

どこからか声が聞こえた。声のほうを見ると、饅頭笠をかぶった侍がいた。畑伊十郎に違いない。

水沢家の武士はいっせい姿を晦《くら》ました。

「栄次郎さん」

新八が近付いてきた。

「新八さん、どうしてここに?」

栄次郎は驚いてきく。

「へえ。栄之進さまの命《めい》で的場さまのあとをつけておりました。決着がつき次第、栄之進さまに知らせるようにと」

「栄次郎」

兄が近寄ってきた。

「兄上」

「伊右衛門どのの亡骸を引き取るためだ」

御徒目付の手の者が戸板を用意していた。そこに伊右衛門を乗せた。

「これから的場伊右衛門どのの屋敷に行く」

「私もごいっしょしてよろしいでしょうか」

「うむ。ついて来い。遺族に何があったかほんとうのことを知らせたほうがいいかもしれぬ」

「はい」

「よし、行くぞ」

戸板を持った手下《てか》に、兄は告げた。

伊右衛門の亡骸とともに屋敷に向かいながら、栄次郎はどう廉太郎に告げたらいいか迷った。

屋敷に到着すると、玄関前に伊右衛門の妻女と廉太郎、用人たちが並んで待っていた。

亡骸が帰ってくるのを知っていたような妻女たちに、栄次郎は不思議に思った。

亡骸を座敷に上げた。すでに線香も用意されていた。この手回しのよさに、驚かざるを得なかった。

兄栄之進と栄次郎は妻女と廉太郎、用人と向かい合った。

「そなたたち、事情はわかっていたのか」

兄がきいた。

「はい。置き手紙がございました」

「置き手紙？」

「これでございます」

妻女は兄に手紙を見せた。

兄は一読し、栄次郎にも見せた。

そこには伊右衛門がある事情から刺客を放ったことで敵《かたき》として狙われていることが記されていた。

さらに、御家を守るために腹を切るつもりだが、敵討ちを叶えさせるべく、これから果たし合いに赴くと書かれていた。

「きのう、矢内さまがお見えになったあと、父はずっと何か考え込んでいました」

廉太郎が口を開いた。

「私が訊ねても、父はなんでもないと答えていました。でも、父の様子は何か変でした。それから夜になって、水沢家の畑伊十郎さまがやって来て、父と長い間、深刻そうに話していました」

「畑伊十郎どのが……。そうですか」

栄次郎は畑伊十郎が伊右衛門から聞き出し、勝手に刺客を出したのだと思った。

「備中屋さんがこの屋敷に出入りをするようになって、夫は変わっていきました。栄達を口にするようになり、だんだん目もぎらついていきました。そんな夫に不安を抱いていたのですが……」

妻女は気丈に涙を見せずに言う。

「手紙には詳しいことは書いてありません。いったい、父は何をしたのでしょうか」

廉太郎が悲しみを堪《こら》えて口を開く。

「的場さまはあることに巻き込まれたのです。あることとは備中水沢家内で勃発した騒動です。的場さまが言い訳をせず、潔《いさぎよ》く罪を認めたのは水沢家の名誉を守るためでもあります」

栄次郎が答える。遺族に詳しいことを話す必要はないと思ったのだ。

「的場どのは」

兄が栄次郎の言葉を引き取って言う。

「武士らしく、潔く相手と闘って亡くなった。そのことを胸に留め、今後のことを考えていただきたい。的場どのが一方的に悪いのではないことは我ら御徒目付も十分に理解をしております。御目付さまからもよきように計らえと命じられております。的場さまには病死ということでお届けをし、跡目相続の手続きを……」

「ご温情、このとおりでございます」

妻女は深々と頭を下げた。

「私は父を斬ったお相手の方を恨みに思いません。父もその御方も大きな運命に翻弄されたのでありましょう。私は父の遺志を継ぎ、的場家を立派に守って行くだけです」

「的場どのは、よいお子に恵まれました」

兄が感嘆して言う。

栄次郎も廉太郎の清々《すがすが》しさに目を瞠った。悲しみをこらえながら、自分は的場家を守って行くのだという気概に満ちていた。

栄次郎はあとを兄に任せ、先に的場家を出た。

「栄次郎さん」

新八が追ってきた。

「的場家が存続出来てよございました。奥様も廉太郎さまもとてもよい御方でしたから」

「きっと、兄が組頭さまに懸命に訴えたのでしょうね」

「ええ。栄之進さまは的場さまの罪を暴けば自身の手柄になるのにも拘《かかわ》らず、的場さまを病死に……」

「そこが兄のいいところであるし、私が兄を好きな理由でもあります」

「そうですね。同感です」

新八は頷いた。

「じゃあ、また屋敷に戻ります」

「お願いします」

栄次郎は新八と別れ、先に本郷の屋敷に帰った。

翌朝、栄次郎は妻恋町の真沙緒太夫の家を訪れ、高樹清四郎と差し向かいになった。

「昨夜はありがとうございました。やはり、的場は助っ人を頼んでいたのですね」

清四郎は顔をしかめた。

「いえ、あれは畑伊十郎どのが独自にやったようです」

「畑伊十郎が？」

「私が訪ねたあと、畑伊十郎どのがやって来たそうです。おそらく、そこで、的場さまは清四郎どのとの果たし合いを打ち明けたのでしょう、そのとき、手出し無用と念を押したのです。それで、的場さまが敗れたときに飛び出させようと、畑伊十郎どのは刺客を寺の境内に控えさせたのです」

「そうか。約束を違《たが》えたわけではなかったのか」

「的場さまは最初から死を覚悟していたようです」

家族に置き手紙があったことを告げた。

「そうであったか」

清四郎はしんみり言う。

「的場さまは病死として届けるよう、組頭さまの許しを得て、御徒目付の兄が手配いたしました」

「今さらだが、残された者の怒りと悲しみはいかばかりか」

清四郎はやりきれないように顔を歪めた。

「子息の廉太郎どのは、清四郎どのを恨みに思わないと仰っておいででした。父もその御方も大きな運命に翻弄されたのでありましょうと」

「その言葉に救われます」

清四郎は安堵のため息をつき、

「栄次郎どの」

と、口調を変えた。

「私は予定どおり、今夜、中屋敷を襲います」

「無理です。昨夜のこともあり、警戒は厳重なはず。忠常君に行き着くことさえ出来ません」

「構いません」

「…………」

「討ち果たすことが出来なくとも、中屋敷で暴れて死んでいきます。この騒ぎは上屋敷にいる忠則公の耳に入ることになるでしょう」

「死んではいけない」

「これしか手立てはないのです」

清四郎は死ぬ覚悟だ。

「清四郎どの。これしか手立てはないと仰いましたね。もうひとつあります」

「もうひとつある？」

「はい」

「なんですか」

「私が清四郎どのになりすまして中屋敷を訪れます」

栄次郎は自分の考えを話した。

「…………」

清四郎は唖然としている。

栄次郎はこれしかないと説き伏せ、清四郎もやっと頷いた。

清四郎と別れてから、栄次郎は再び牛込の的場伊右衛門の屋敷に戻り、新八を呼び出した。

五

その夜五つ（午後八時）、栄次郎は中屋敷の門の前に立った。

「ごめん」

栄次郎は門番に声をかけた。

「どなたか」

門番が顔を覗かせた。

「高樹清四郎だ。忠常君にお会いしにきた。取次ぎを」

「なんだと」

門番は提灯で、栄次郎の顔を照らした。

「あっ」

門番は叫んだ。

清四郎に似せるために口の横に付け黒子《ぼくろ》。しかし、それだけで他のことは何もすることはなかった。高樹清四郎だと名乗りさえすれば、誰もが信じてしまうはずだ。

「さあ、案内せい」

栄次郎は強引に門の中に入った。

「待つのだ」

他の侍が出て来て行く手を遮った。

「どけ」

栄次郎は強く言う。

「乱心者」

別の侍が叫ぶ。

「そなたたちに用はない。忠常君に取り次ぐのだ」

ぞろぞろ長屋から侍が出て来た。その先頭にいる痩せた男が畑伊十郎だ。

「高樹清四郎、いや坂木一蔵。国元にて、高樹一家四人を惨殺した罪は大きい」

「待て」

栄次郎は叫ぶ。

「この中にも私の顔を知っている者がいるはず。いや、いなくとも、坂木一蔵の顔を知っていよう」

栄次郎は清四郎になりきっていて、誰も疑いははさまなかった。

「おらぬのか。それとも、よけいな口をきけないのか」

いつの間にか、武士が大勢集まっていた。十数名はいた。

「忠常君のところに案内せよ」

「そなた、わざと斬られに来たな。ここで暴れて派手に死んで行くつもりか」

畑伊十郎が鋭く迫った。

「…………」

「どうやら図星らしいな。だが、そなたの目論見《もくろみ》どおりにはいかぬ。そなたのことは坂木一蔵として上屋敷に報告してある。ここで派手に死んでも、坂木一蔵という乱心した下級武士に誰も関心は寄せぬ」

「坂木一蔵として押し通せるか」

栄次郎は言い返し、

「そうか。では、出直そう。上屋敷に赴き、高樹清四郎が参上したことを忠則公にお伝えした上で、改めてここに来よう」

「無理だな。もはや、ここから生きては出られぬ」

畑伊十郎は余裕の笑みを浮かべた。

すでに、屋敷内に入り込んだろう。栄次郎が家来たちの注意をここに引きつけている間に清四郎は塀を乗り越えたはずだ。

「坂木一蔵、覚悟せい。やれ」

畑伊十郎が大声で命じた。

さっと侍たちが剣を抜いて栄次郎を取り囲んだ。

「よし。生きて出られるか否か、やってみよう」

栄次郎は剣を抜いた。

いきなり、栄次郎は門のほうに走った。前方に立ちふさがった侍を蹴散らしたが、門は閉ざされ、門番が待ち構えていた。

畑伊十郎たちが追ってきた。十数名の侍も走ってきた。この間に、清四郎は館の中に忍び込んで忠常を探しているはずだ。

その時間稼ぎをするのだ。

長身の侍が斬り込んできた。栄次郎は横っ飛びに逃れると、待ち構えていた侍が剣を突き出すようにして突進してきた。

栄次郎は十分に引きつけ、すくいあげるようにして相手の剣を弾いた。よろめく相手の小手を峰で叩く。

うっと呻いて、相手は剣を落とした。すかさず、背後から別の侍が斬りつける。栄次郎は振り向きざまに剣を振り下ろす。剣先が相手の二の腕を掠めた。

入れ代わって小柄な侍が栄次郎の足を狙って剣を薙《な》いだ。栄次郎は跳躍して、相手の肩に峰で打ちつけた。

小柄な侍は肩を押さえて呻いた。

他の連中は一瞬臆したように動きが止まった。その隙をとらえ、栄次郎は館の玄関に向かって走った。

「追うのだ」

畑伊十郎の声が夜陰に響く。

玄関前に数人の侍が立ちふさがった。栄次郎は突進し、相手の剣を振り払い、玄関に入った。

奥から、忠常の側に仕える者か、ふたりの侍が飛び出して来た。

「狼藉者」

「忠常君のところに案内せよ」

「ここから一歩たりとも踏み込ませぬ」

侍が怒鳴る。

背後にも侍が迫った。

栄次郎は奥に向かうと見せかけ、急に反転して玄関を飛び出した。そこにいた侍たちは不意の動きにあわてて、なんの手出しも出来なかった。栄次郎は玄関を出て、庭木戸を抜けた。

侍たちが追ってきた。栄次郎は庭に向かって走りながら、途中から畑伊十郎の姿が見えなくなったことに気づいた。

（まさか）

栄次郎は内心で焦った。

そのとき、前方の暗がりに黒い影が見えた。

「こっちです」

新八だ。

栄次郎は新八のところに向かって駆けた。背後の館が大騒ぎになっているのが伝わってきた。

「清四郎さんは湯島天神に行きました。さあ、どうぞ」

新八が言う。

「よし」

栄次郎は縄ばしごを伝って塀の上に出て外に飛び下りた。続けて、新八が縄ばしごを回収して塀を乗り越えてきた。

湯島切通しを横断し、湯島天神の境内に入った。

本殿の横から清四郎が現れた。

「清四郎どの」

栄次郎は駆け寄った。

「忠常君は？」

「新八さんが先回りをして忠常君の居場所を突き止めていてくださったので、思いの外《ほか》、あっさり忠常君を問い詰めることが出来ました」

そう言い、清四郎は懐から懐紙に包んだ髷《まげ》を見せた。

「これをご覧ください」

「これは忠常君の？」

首を刎《は》ねたのかときいた。

「いえ、髷だけ落としました」

清四郎は苦渋に満ちた表情で、

「忠常君はもっと傲岸で、冷血な男と思っていました。でも、実際は情けない男でした。私の前で土下座して命乞いをする姿に呆れました。こんな男が国を治めるのかと思うと、情けなくなりました」

「斬る気が失せたのですね」

「そうです。今後、忠常君が改心し名君と呼ばれるようになるか、忠則公が跡継ぎから外すか、は私の問題ではありません」

「これで、あなたの気が済んだのですか」

「はい。無念を晴らしました。これから備中に旅立ちます。父たちの墓前にこの髷を供え、敵討ちが成ったことを伝えます」

「これから備中へ?」

「はい。栄次郎どの、新八さん。お世話になりました。おゆうさんと真沙緒太夫にもくれぐれもよろしくお伝えください」

「清四郎どの。そのあとはどうなさるのですか」

「仏門に入ります」

「出家なさる?」

「はい。父たちの菩提を弔いながら過ごします。それから、栄次郎どの、お願いが」

「なんなりと」

「お咲さんに、私が仏門に入ったことをお伝えくださいませんか。そして、年季明けに迎えに行くと」

そのときは還俗《げんぞく》するつもりだと、清四郎は言った。

「わかりました」

栄次郎は請け合った。

「では、私はこれから旅立ちます」

清四郎は会釈をし、鳥居を出て行った。栄次郎と新八は鳥居の前で、見えなくなるまで、清四郎の姿を目で追っていた。


数日後、お秋の家で崎田孫兵衛から一連の水沢家の家来が斬殺された件や備中屋殺しについて、下手人は元水沢家の家来で乱心の末の所業ということで決着を見たと知らされた。乱心者の家来は水沢家ですでに処分したということだった。

孫兵衛は大名家絡みの殺しが片づいて上機嫌でお秋の酌を受けていた。

栄次郎がお秋の家を出たのは五つ（午後八時）過ぎで、湯島の切通しに差しかかったのは五つ半（午後九時）近かった。

月の出までまだ間があり、辺りは闇に包まれている。人通りはなく、いつぞやのようにただ冷たい風が吹き抜けているだけだった。

左に湯島天神の裏手が見える。前方の柳の木の陰から黒い影が現れた。饅頭笠をかぶった侍だ。

「畑伊十郎どの」

目の前に立った侍に呼びかける。

「そなたには一杯食わされた。中屋敷に正面から乗り込んできたのは高樹清四郎ではなかった。そなただ。黒子を見て、清四郎だと思い込んでしまった」

「なんのお話でございましょうか」

栄次郎はとぼけた。

「我らの注意を引きつけ、その間に本物の高樹清四郎は館に忍び込んだ。すっかり、たぶらかされた」

「…………」

「途中で、妙だと気づいて忠常君のところに馳せ参じた。だが、すでに遅かった。忠常君は頭から布団をかぶって震えておられた」

畑伊十郎は忌ま忌ましげに、

「なんとも情けない姿だった。あのような御方が次の藩主かと思うと、暗澹たる気持ちになった。だが、そんな御方でも、我らは藩主として仰がねばならぬのだ」

「あの騒ぎで、忠常君には何のお咎めもないのですか。忠則公は忠常君の行状に不審を抱いていらっしゃるとお聞きしましたが……」

「忠常君は心を入れ替えて御家のために尽くすと、殿に誓ったそうだ。どこまでほんとうかわからぬが、今となっては次期藩主は忠常君しかない。忠則公のお考えは別にあったようだが……」

「やはり、高樹清四郎どのをお考えでしたか」

「わからん」

畑伊十郎は吐き捨て、

「矢内栄次郎、我らを欺いたこと、許せぬ」

と言い、刀の柄に手をかけた。

「無益なこと」

「気が済まぬ」

伊十郎は抜刀し、八相に構えた。

栄次郎は居合腰になって刀の鯉口を切り、右手を柄にかけた。伊十郎は凄まじい殺気で迫ってきた。

伊十郎が裂帛の気合で斬り込んできたとき、栄次郎は剣を抜いた。だが、素早く刀の峰を返し、伊十郎の右二の腕を叩いた。

伊十郎は剣を落とした。

「畑どの、あなたはわざと斬られようとしましたね」

「…………」

「なぜですか」

栄次郎は問い詰める。

「畑どの」

さらに迫る。

「今から思えば……」

伊十郎が口を開いた。

「殿の気持ちがわかった。次期藩主には高樹清四郎どのがふさわしかった。殿はひそかに清四郎どのの素行を調べていたそうだ。そのことを察した忠常君は清四郎どのを抹殺しようとした。俺はそんな清四郎どのに刃を向けたのだ」

「あなたが死んでどうなるのですか。忠常君が藩主になるのなら、藩主にふさわしいか見極めるのもあなたのお役目ではありませんか」

「…………」

「もし、忠常君は藩主にあらずと思えば、改めてあなたが中心となって高樹清四郎どのを迎えに上がったらいかがですか。清四郎どのは仏門に入ると仰っていました。手づるを辿れば居場所はわかりましょう」

「高樹清四郎どのを俺が……」

「そうです。藩を思い、領民を思うあなたの気持ちが本物であれば、高樹清四郎どのの心を動かすことが出来るのではないでしょうか」

伊十郎はその場にくずおれた。

「それに、今回の騒動の元は大事なことを不用意に側室に漏らした忠則公にあるのではありませんか。そのことがなければ、このようなことにならなかったはず」

栄次郎は俯いている伊十郎を残し、歩きはじめた。

あと、残された問題はおゆうのことだった。清四郎を匿うために、おゆうは娘浄瑠璃になることを受け入れた。清四郎が栄次郎と重なって、見捨てておけなかったからだ。いわば、そこに栄次郎に対するおゆうの気持ちが隠されている。

栄次郎はおゆうのことを考えながら本郷の屋敷に帰って行った。

時代小説
二見時代小説文庫

影《かげ》なき刺客《しかく》　栄次郎江戸暦《えいじろうえどごよみ》19

著者　小杉健治《こすぎけんじ》

発行所　株式会社　二見書房
東京都千代田区神田三崎町二−一八−一一
電話　〇三−三五一五−二三一一［営業］
〇三−三五一五−二三一三［編集］
振替　〇〇一七〇−四−二六三九

印刷　株式会社　堀内印刷所
製本　株式会社　村上製本所

落丁・乱丁本はお取り替えいたします。
定価は、カバーに表示してあります。

ISBN978−4−576−18009−0
http://www.futami.co.jp/

栄次郎江戸暦
小杉健治